이제는 감성코칭

이제는 감성코칭

ⓒ 이태호, 2024

개정판 1쇄 발행 2024년 4월 5일

지은이   이태호
펴낸이   이기봉
편집   좋은땅 편집팀
펴낸곳   도서출판 좋은땅
주소   서울특별시 마포구 양화로12길 26 지월드빌딩 (서교동 395-7)
전화   02)374-8616~7
팩스   02)374-8614
이메일   gworldbook@naver.com
홈페이지   www.g-world.co.kr

ISBN   979-11-388-2932-8 (03810)

이제는 감성코칭

| 마음백신지침서 |

이태호 지음

지금 그 생각, 그 문제를 3일 안에 해결할 수 있다면
진정한 자유를 만나게 될 것이다

좋은땅

목차

답답하고, 불안하고, 예민한 나

'우리의 인생에서 가장 중요한 것은 무엇일까?'라는 질문을 받는다면? 그것은 아마 결혼과 직업 2가지가 아닐까? 하루 중 자는 시간, 이동 시간, 식사 시간, 씻는 시간을 제외하면 하루의 90%가 일하는 시간이 되는 것 같다. 그리고 하루 중에 나와 함께하는 시간이 가장 많은 이는 바로 내 남편, 내 아내가 아닐까?

인생의 펼쳐짐에 일과 배우자 이 두 가지는 내 삶의 거의 전부라고 해도 어색하지 않아 보인다.

결혼과 일은 우리에게 불편함과 안정감을 동시에 준다. 반대로 싱글이면서 일을 하지 않으면 우리는 편함과 공허함을 동시에 느낀다.

우리가 알고 있듯이 나의 정서, 내면 대부분이 어릴 적 가정에서 받은 영향으로 형성될 테고, 그 역할과 책임은 30~40대인 우리 몫이 되었다. 그것은 결혼이라는 의미 있는 행사를 치르고 나서 본격적으로 드러나기도 하는 것 같다. 나도 모르는 나의 문제들 앞에 상대방은 고통을 호소하고, 그때부터 시작되는 직면은 그동안 했던 직면과 참 많이 다를 수도 있다. '나는 생각보다 괜찮은 사람이 아니었구나'란 생각에 당황해하며 조금씩 새로운 삶을 배워 가게 될지도.

30~40대들의 지금 각자 앞에 있는 너무나 거대하고 막막한 무언가들.
말할 수 없는 내면의 아픔과 상처 그리고 생각의 공격들.
교제와 결혼의 문제, 남녀 사이의 여러 깊은 감정적인 문제들.

약 10여 년 동안 7,000번 정도, 10대에서 40대까지 일대일 코칭 상담을 하고, 그 이후 60대 이상 노인들을 접하며 보편적 패턴을 발견해 낸다. 각 연령대별 남녀를 코칭 상담하고 패턴을 분석하는 것은 이 책을 완성하는 데 상당한 도움이 되었다. 그 경험과 분석은 결코 쉽지 않은 과정이었고,

그로 인해 얻은 통찰을 이제 당신에게도 나누고 싶다. 『이제는 감성코칭』, 이 책은 당신이 그동안 노력하며 그토록 해결하고, 넘어서길 원했지만 잘 안되었던 바로 그 문제들을 비춘다.

마치 암에 걸린 것처럼 숨이 쉬어지지 않는 그 고통의 터널 속 답답함 가운데 서 있는 당신과 함께한다.

『이제는 감성코칭』의 새로운 접근법이 지금 혹시 고통 중에 있는 당신에게 도움이 되었으면 좋겠다. 그럼 지금부터 3일간 조금 떨리는 마음으로 코칭 여정을 떠나 볼까?

self
coaching

"사랑하면 알게 되고 알게 되면 보이나니,
그때 보이는 것은 전과 같지 않으리라."

– 유홍준 교수

"내 마음이 건강하지 않아도 괜찮아,
내 결핍에 의한 행동이어도 괜찮아."
내가 그것을 선택했다는 것은
내게 그것에 대한 필요가 있어서 그런 것 아닐까?

그 필요가 채워지면, 나는 내게 어울리는 일, 나와 어울리는 사람, 나와 어울리는 삶을 주체적으로 살 수 있지 않을까.
타인에 영향받지 않고, **나의 선택!** 그것에서 누리는 자유와 평안.

다만 아직 내게 필요한 것은
그 상처로부터 회복되는 시간,

나의 결핍이 채워지는 시간,

나의 생각이 벗겨지는 시간.

그 시간들의 다함에는

나에게 자유와 평안을 누릴 수 있는 용기가 주어질 것 같다.

나를 사랑하고 그 사람을 **온전히 사랑**할 수 있는 용기도.

나를 사랑함은 내가 원하는 것을 순간순간 선택할 수 있는 나 스스로 용기를 내는 것.

나를 사랑할 수 있을 때, 그 사람을 진정 사랑할 수 있는 것.

내가 지금 정말 하기 싫은 일을 하는 이유는 내가 정말 하고 싶은 것을 하기 위함이라는 것.

내가 하고 싶은 일, 하고 싶은 공부 그리고 내가 하고 싶은 사랑을 이제는 나 스스로 선택해 보는 것.

무엇으로 인하여 아직 내가 원하는 삶을 살지 못하고 있을까?

나를 사랑할 수 있는 주체적 선택이, 주체적 삶을 살게 되고, 주체적 사랑을 하게 되며, 그때 보이는 것은 이전과 같지 않게 될 것 같다.

현재 내 삶의 결과치를 내 스스로 평가하면 몇 점 정도 줄 수 있을까?

　지금 나의 삶은 내 자유의지를 가동한 선택적 결과라는 것, 나는 받아들일 수 있을까?

　혼자 집 근처 조용한 카페에 3번 가는 비용 약 만 원과 이번 주 평일 저녁 2회, 주말 1회 카페를 갈 수 있는 시간이 있다면 책을 읽은 오늘부터 3일 후에 당신은 더 이상 지금의 모습이 아닐 수 있다.

1.
이제는 나로 살아 봐도
괜찮을까요?

✾ 내가 정말 바라고, 원하는 삶

나에겐 원하는 하루의 삶이 있다. 하지만 대부분 하루를 원하는 삶의 방향으로 살아가지 못한다. 그 원하는 삶을 살아가기 위해서 감당해야 하는 것들이 너무 무겁기도 하다. 구체적으로, 나는 하루 24시간을 어떻게 보내길 원하는가? 나는 아침 7시에 일어나 기도와 운동 그리고 샤워와 아침 식사를 하고 9시 정도 일을 하기 원했다. 9시부터 점심시간까지는 내가 어디 소속되어 생업(생계를 위해 일함)을 하고 싶었다. 여기까지 보면 마치 『나는 4시간만 일한다』, 『타이탄의 도구들』의 저자 팀 페리스 같아 보일지 모른다.

점심시간 이후 오후에는 온·오프라인 영업과 강의를 하고, 5~9시까지 그룹 코칭과 코칭강의를 하고 싶었다. 그 이후 밤의 시간은 가정 안에서 아내와 안식하며 시간을 보내길 원했다. 이것은 큰 욕심 없어 보이는 내가 원하는 하루의 삶이었다. 주말에는 오전 일찍 풋살을 하고 오전 10시경부터 일을 시작하고 토요일 4시까지 일하고 저녁에는 아내와 시간을 보내는 것, 주일에는 예배드리며 안식하는 것, 한 달에 한두 번 정도 지인들과 모임 하는 것, 일 년에 4번 정도는 여행을 다니는 것, 이렇게 욕심 없어 보이는 소소한 삶에 대한 소망이 있었다. 그 삶을 살기 위해서는 걸림돌이 없어야 했다. 하지만 거창하지 않은 꿈이었고, 내게는 소박한 삶, 작은 꿈인데도 걸림돌이 보였다. 그런 삶이 유지되기 힘들었다. 우선 당장 재정에 대한 부분이 내가 원하고 계획한 삶을 펼쳐 가는 데 걸림돌이 되었다. 돈을 벌지 않으면 안 되는 이 상황 때문에 내가 꿈꾸는 삶을 위해 달려가는 시간 확보가 되지 않았다.

나는 팀 페리스처럼 이 부분에 대한 전문가를 찾아가고 싶어졌다. 그 사람이라면 어떻게 했을까? 혼자 일을 일구며 월 고정 수입을 1,000만~3,000만 원을 벌어본 지인이 생각났다.

그 지인과 나의 삶은 분명 다르고, 콘텐츠도 다르지만, 지인분의 방식이 궁금했다. 그리고 어떻게 달성했는지 궁금했다. 지인분의 삶의 가치와 우선순위는 나의 무엇과 아주 비슷했다. 그래서 성공의 과정까지 어떤 마음으로 도전했는지, 그 마음의 중심과 동기는 무엇인지 너무 궁금했다. 연락 끝에 지인을 서울 장승배기역까지 찾아가서 약속한 장소, 카페에서 여러 질문을 미리 준비하여 갔다.

🌼 도대체 언제까지 준비해야 하지

내가 원하는 삶은 어느 정도의 경제적, 시간적 자유였다. 그 영역은 나를 그래도 설레게 하는 코칭(1:1, 그룹, 단체)이었다. 그 삶까지 도달하기 위해서 얼마나 많은 노력을 얼마나 긴 시간 동안 투자해야 하는지 궁금했다. 그리고 그 준비의 강도와 에너지 집중의 질은 어느 정도여야 되는지도 물어보았다. 그리고 내가 그 성취의 몰입 과정에서 내가 삶의 균형을 잃고 우상을 숭배하듯 성공에 도취되는 건 아닌지 우려된다고 말했다. 난 그렇게 성공에만 매몰되어 소중한 것을 보지 못하는 것은 내가 원하는 삶의 과정도 결과도 아니라고 내 마음을 나누었다.

그날 만난 지인은 내게 비행기를 비유로 들며 이야기를 시작하였다. 비행기가 이륙하여 시동을 끄고 힘을 빼고 자연스레 비행할 수 있을 정도까지 에너지를 끌어올려야 한다고. **집중할 때 집중하지 않으면 안 된다고.** 그 한마디가 참 내게 위로와 도전을 주었다. 그렇다 난 사실 에너지가 없고, 일만 하며 살기 싫은 게 내 솔직한 마음이었다. 기한이 있는 집중기간, 그리고 이 **집중을 왜 해야 하는지에 대한 목적**이 내게 중요했다. 집중하여 비행기가 어느 정도 높이에 오르게 되면 그 뒤에는 힘이 그렇게 들지 않는다는 걸 알게 되었다. 그전까지는 연료와 에너지가 많이 들고 소음도 감행해야 하는구나. 오르기 전에는 에너지도 많이 들고, 장애물도 많겠지. 그것을 넘어서서 고공을 날 때에는 그 어떤 장애물도 소음도 비행을 방해하지 않을 수 있겠구나.

───────────────── ❧ ─────────────────

남들이 시키지 않아도, 나 스스로 원해서 자동으로 하게 되는 행동 중에서, 그것이 나의 수입이 될 만한 직업이나 나만의 일로 연결될 수 있는 것들 2가지를 찾아보자.

....

🌼 성취적 목표가 내게 주는 선물

나의 장기, 중·단기 목표를 이루기 위해 목표를 공유하고 외친다. 책을 읽으며 학습한다. 운동하며 운동에너지를 최대로 끌어올린다. 위치에너지를 높여 상상하며 그것들을 그리어 목표를 또 세우고 또 세운다. 내가 세운 목표를 향해 외치고 또 외친다. 그것은 희망 고문이 아니고 생생하게 그리며 반복하며 외칠 때 달성된다는 그 누군가의 목소리가 나의 마음에 계속 울린다. 목표를 쓸 때 나오는 에너지, 사람들 앞에서 목표를 발표할 때 뛰는 심장 소리는 점점 더 커진다. 마감이 다가올 때 나는 어떻게든 무리하여 우선 그 수치를 달성해 놓는다. 매월 마감, 그 의미가 이제는 조금 다른 목표달성이 된 것 같기도 하다. 그래도 나는 매월 사람들 앞에서 화려한 목표달성을 외친다. 그리고 그 목표에 맞춰 어떻게든 달성한다. 날 지지하고 날 지켜보는 사람들이 있기 때문에 나는 오늘도 기쁘다. 방에 혼자서 가면을 벗고 홀로 있는 나는 '이게 뭐 하는 거지?' 싶기도 하다. 오늘은 왠지 내 마음이 더 무기력하다. 그 무기력을 깨려면 내일 움직임을 계획하고, 다시 다음 달 목표를 적으면 다시 긍정의 힘이 솟는 듯하다.

나는 왜 목표를 세우는가? 나는 왜 그 도전을 하는가? 그 도전을 멈추지 못하게 하는 신기루와 같은 요인은 무엇인가?

✾ SRP: Self Refreshing Point

영원한 것도 없고, 즐거운 일도 많이 없다. 대부분이 무료한 것들이 많아 보인다. 내 생각과 감정을 끌어내리는 그 무언가로부터 자유로워지고 싶다. 내가 어떤 일을 도전하고 싶은데, 나의 정서는 오르락내리락하며 힘이 빠져간다. 즐거움과 기쁨은 세상이 나에게 갖다 주지 않는다. 그렇기 때문에 내 스스로 기쁨의 요소들을 심어 놓는 게 필요한 것 같다는 생각을 하였다. 우리 기쁨은 성취에 대한 것도 있지만 소소한 것에서 많이 발생하는 것 같다. 성취와 일상의 공존.

기호에 맞는 설정이 중요한데 나는 내 글을 쓰거나 컴퓨터 작업을 할 때 시간 계획 설정을 하고, 음악을 들으며 하는 것들이 일의 진행이 잘되었다.

물은 자주 마시고, 식사는 두 끼 이상 제대로 하며, 수면은 꼭 6~7시간 이상 하면서, 일에 집중을 요구할 때는 비타민제와 커피 한잔을 꼭 같이 곁들였다. 외출하여 도서관이나 카페에서 작업할 때는 깔끔하게 하고 나오되, 옷은 신경 쓰이지 않게 단순하게 입고 운동화를 신고 나온다. 모든 흐름이 일에 대해 집중할 수 있도록 하였다. 평일에 약속을 잡을 일이 있다면 일을 어느 정도 3~4시간 해 놓고 약속 시각에 나갈 수 있도록 하였다. 이왕이면 식사 약속으로 잡아서, 밥을 먹어야 하는 시간에 지인들을 만났다. 내 의지가 약해질 때 지인을 만나면, 그 지인과 한 약속이 다시금 내 마음에 확인될 때가 있다. 나는 지인과 만나기로 한 약속장소 근처에 있는 도서관에 미리 가서 할 일을 한다. 동선을 고려하여 시간이 낭비되지 않도록 하였다.

🌼 내가 좋아하는 일이 이 세상에 존재할까

인간은 아담 이후에 모든 인류가 일해야 한다는 전제로 간다면, 우리는 왜 하기 싫은 영역의 일을 해야 할까? 언제까지 우리는 끌려다니며 수동적으로 일할 것인가?

반대로 좋아하는 일을 하려면 돈을 못 벌 수도 있고 그만큼 많이 기다리게 된다.

좋아하는 일을 하고, 그것을 인내하고 잘 관리하면 돈 되는 일로도 만들 수 있다. 하지만 싫어하는 일을 인내하며 잘한다고 해서 그것이 좋아하는 일이 되기는 힘들 수 있다. 내가 좋아하는 일을 선택할 것인가, 하기 싫어도 돈이 되는 일을 선택할 것인가에서 내 마음의 외침에 집중하면 좋겠다. 그리고 남들의 시선과 평가와 인정은 잠시 접어두자. 내 마음속 깊은 곳에서의 울림이 뭐라고 지금 말하고 있는가? 가슴에 손을 얹고 1분만 생각해 보면 좋겠다.

누군가 그랬다. 흔히 질문하는 좋아하는 일 vs 잘하는 일 중에서 "어떤 일을 해야 해요?"라고 물으면 돈 되는 일을 해야 한다고 이야기하기도 한다. 어떤 누구의 입장에서는 맞는 대답일 수 있다. 이 경우인 사람들은 그냥 돈이 좋은 사람이고, 돈에 대한 인정가치가 높은 사람이라 그렇게 대답한 것 아닐까?

청부론 vs 청빈론 이 두 가지에 대해서 혼자 생각을 많이

해 보았다. 거실에서 이에 대해 아내와 깊이 있는 대화를 나누며 아내가 해 준 얘기가 깊은 통찰로 내게 왔다. 청부론을 주장하는 사람은 돈이 많아도 그것을 잘 간수하고 무너지지 않을 수 있는 사람일 것이다. 청빈론을 주장하는 사람은 돈이 내게 있으면 내가 흔들리고, 간수되지 않기에, 돈이 내게 있는 것이 내게 득보다 실이 많은 걸 나 스스로 알기에 그렇게 주장하는 것 같음을 알았다. 각자의 사정과 배경과 경험에서 나오는 주장들이기에 참고 정도만.

🌼 공짜는 있나? 없나?

세상에는 공짜는 없어 보인다. 내가 원하는 삶을 살기 위해서는 거기에서 나와야 하고, 마주하는 새로운 환경에 고생이나 적응을 해야 한다면 하면서 버텨야 하겠다. 그러면서 타인에게 영향받지 않는 <u>자유와 평안함</u>이 있다. 그리고 나도 모르게 나는 계속 자라고 있다.

🌼 4대 보험 되는 정규 직장 vs 프리랜서 vs 개인사업

개인사업은 투자자금을 위한 대출이 어렵고, 빠르게 변화하는 시대의 속도를 따라가기 쉽지 않을 것 같다. 일이 많은 정규직장은 입문이 어려운 것 외에, 타이트한 근무로 퇴근 후에 꿈을 위한 시간을 투자할 여력이 없을지도 모른다. 새롭게 도전을 하여 본업과 부업을 동시에 일으킨다고 하면 기본급이 약간 있거나, 없어도 괜찮을 것 같다. 다만, 오전에 출근하여 본업을 하고, 점심시간 이후에는 마케팅 등 나의 일을 할 수 있는 곳은 어디 없을까? 오전에 생업으로의 강제적 출근이 없으면 나의 도전함에 지속적 에너지의 공급이 얼마 못갈 수 있다. 출근이 없다면 소속감이 없어서, 나의 꿈을 지속할 수 있는 기반이 없는 것과 같을 수 있다. 오전 일찍부터 길면 3시, 짧으면 점심 전후까지 일하고, 나머지 시간에 내가 하고 싶은 삶의 흐름, 일의 흐름을 설계하면 얼마나 좋을까?

---

1. 내가 오전에 월수입을 위해 할 수 있는 일을 나열해 보자.
2. 오후부터 밤까지 도전하며 내가 원하는 하루의 계획을 써 보자.

🎇 일을 2순위로

일보다 우선순위에 있는 것이 있는가?

없다면 지금 설정해야 한다. 아니면 일이 내 삶을 이끈다. 내가 일에 끌려가는 느낌을 받는다.

필요 이상의 지나친 몰입을 하는가? 그것은 어쩌면 나의 결핍에 대한 보상욕구, 내면의 반응일지 모른다.

두려움이 나를 사로잡고 있는 부분이 상당히 크다. 돈이나 인정에 대한 욕구와 두려움의 공존.

그 과정에서 나 스스로 가면을 쓰기도 하고, 필요 이상으로 애쓰는 것. 그로 인해 받는 스트레스는 나의 몫. 스트레스를 내려놓아야 하는데 쉽지 않다. 타인이 내 삶을 이끄는 형국들.

일을 나의 삶에서 2순위로 놓아 보자. 그렇다면 내 삶의 1순위가 보일지도 모른다. 그리고 일을 하는 이유도 그 1순위 때문이라는 사실과 마주할지도 모른다.

─────────────────── ❧❧ ───────────────────

나의 삶에서 일 외에 1순위가 무엇인가?

───

✿ 내가 원하는 삶을 왜 못살까?

보통 사람들이 원하는 것은 나의 주체적인 삶, 내가 하고 싶은 일을 하는 것, 내가 사랑하는 사람들과 같이 있는 그 상태, 일과 내 주체적인 삶과 휴식의 조화를 원한다. 잘 생각해 보면 내가 그렇게 못 사는 것이 아니라 그만큼 내가 원하는 삶을 살려고 할 때, 세상은 절대 호락호락하지 않아 보인다. 세상의 압박이 존재하는 것 같다.

이 압박은 실제적일 수도 있으나 기운인 경우가 많다. 그렇게 살도록 세상의 어떤 기류가 나를 누르는 것으로 보인다.

사회구조적인 문제, 집안의 대물림 되는 가난의 문제, 내가 원 가정에서 배우지 못하여 능력을 갖추지 못한 문제, 주위에 인맥이 없어서 도움을 받을 수 없는 문제들은 일단 **빼자**.

그 기류를 느끼며 내가 해야 하는데, 하기 싫은 것들에 내가 눌려 있진 않은가? 그 눌림에 나는 특별히 해내는 것이 없지만 하루하루가 진이 빠지고, 삶에 의미를 찾지 못하고 있진 않은가? 더 이상 이 흐름이 가지 않기 위해서 내 스스로 최소한의 힘이 필요하다.

그 힘은 바로 내가 하기 싫은 것들을 먼저 끝내보는 것. 사소한 설거지를 끝내고, 나의 출퇴근을 철저히 지켜보며 성실히 하는 것. 집 청소가 하기 싫고, 출근하기 싫은 것, 미래를 위해 준비하기 싫은 것은 누구나 비슷하지 않을까? 하지만 집안일을 하고, 하기 싫은 일들을 하고 나면, 나머지 시간이 남는다. 내가 하기 싫지만 해야 될 것을 해냈기에, 퇴근 후 나머지 시간은 내가 원하는 것을 준비하며 카페에서 내가 원하는 미래를 준비할 수 있는 여건이 확보가 되는 것이다. 그렇다면 시급이 낮아도 나는 감사하며 하루를 살게 될 것이고, 그 하기 싫은 일상의 일은 미래를 준비하는 것에 발전적 디딤돌이 된다.

한 달에 100만 원대를 받고도 내 삶이 돌아가는 것을 경험할 필요가 있는 것 같다.

많은 미디어 매체를 통해 우리는 꼭 필요 이상의 소비를 일으켜야 할 것 같고, 집이 있어야 할 것 같고, 얼마를 모아야 할 것 같은 기류의 압박을 받는다. 100만 원대를 받고도 내가 돈을 지혜롭게 사용하며 불편하지만, 살 수 있다는 것을 경험하는 것을 추천하고 싶다. 처음엔 그 100만 원대 수입이 개월 수가 지나고 200~300만 원대로 자리 잡을 때까지는 어떤 일이든 힘들 수 있다.

어느 궤도에 오르기 전까지는 숨막히고, 정신없고, 치열함의 고통과 마주함이 꼭 내 앞에 존재한다는 사실을 아는 것은 정말 큰 통찰이다. 만약 내가 상처가 많거나, 정신력이 약하면 원하는 일을 성취하거나 사랑하는 사람과 교제와 결혼이 쉽지 않을 수 있다. 내가 원하는 일을 하기 위해서, 내가 원하는 연인을 만남에 있어서도 그 치열함의 고통과 마주함이 수반되기 때문에. 일과 관계, 이 두 마리 토끼를 잡으려면? 잡기 전에 고통이 수반됨을 먼저 아는 것, 그것을 견딜 용기가 내게 있는가를 스스로 물어볼 것.

🎇 자유를 위해 꿈을 스케치하다

일주일에 하루 정도 절대적으로 자기 시간이 필요하다는 것을 우선 생각해 보면 좋겠다.

30~40대들은 가족을 위해, 미래가치를 위해 시간과 에너지를 몰입해 줘야 하는 시기인 것 같다. 그렇지 않았을 때 맞이하는 50~60대 이후 시절은 내가 예상하는 것과 상당히 다

르게 펼쳐질 수 있다.

일주일에 24시간을 확보하려면 주말 12시간 월~금 평일 12시간이 되어야 하겠다. 장소는 집이 아닌, 집과 가까운 스터디카페, 스타벅스 등 넓은 프랜차이즈 카페를 추천한다. 비싸지 않고, 나를 깨워줄 따뜻한 아메리카노와 함께 집과 분리된 나의 집중을 돕는 곳을 찾는 것이 참 중요하다.

꿈을 이루기 위해선 시간을 30분 단위로 쪼개서 다이어리에 적어놓은 다음 30분씩 하루 6번을 알차게 보내 보자. 하루에 한 번에 이어서 180분이 힘들다면 30분, 60분, 90분 이렇게 분리해서 계획을 진행해도 좋을 것 같다.

일이나 아르바이트를 하면서 꿈에 도전하는 것에 너무 억울해하지 말았으면 좋겠다.

당장 취업이나 대학(대학원)을 준비하는 입장이라면 꿈을 이루기 위한 노력 하나에만 올인해도 괜찮다. 하지만 보통 여러 가지를 해야 하는 게 우리들 삶인 것 같다. 입시생이나 취준생이 시험공부 한 가지만 하는 것도 기한이 있다. 꿈을 이루기 위해서 난 그것만 준비한다는 생각은 불가능에 가깝다. 그래서 여러 가지(생계를 위해 돈을 벌고, 살림을 위해 집을 치우는 것)를 동시에 하면서 내가 준비하는 그것을 매일 우선순위로 놓는 것, 내가 매일 그 준비 시간을 반드시 확보하는 것, 그것이 자유를 위해 꿈을 스케치하는 것일 수 있다.

☀ 내 꿈을 예쁘게 색칠하기

아무리 좋은 작품이라도, 맛있는 음식이라도 대중에게 알리지 않으면 단지 몇 명에게 감동을 주는 것으로 그치고 말 것이다.

설민석 강사의 강의를 들어본 적 있다. 공무원 부분에서 설민석보다 국사를 잘 가르치는 강사도 많을 것이다. 하지만 설민석을 선택하여 듣는 이유는 설민석 강사가 대중들에게 많이 노출되어 있기 때문이 아닐까. 꿈을 이루기 위해서는 먼저, 내가 선택한 영역에 대한 어느 정도의 자신감이 필요한 것 같다.

그 영역이 나는 강의, 책 2가지였다. 이것은 성취하기 전부터 내 마음을 뛰게 한다. 마음이 뛰지 않아도 되지만, 가슴이 뛰지 않으면 실행하기가 매우 어렵다. 도전하다가 벽을 반드시 만나게 되는데, 그때 벽을 넘을 수 있는 힘은 가슴 뛰는 그 무언가에서부터 나온다. 그 설렘이 마주하는 벽을 감당해낼 수 있게 한다. 지금 당신이 선택한 아이템은 무엇인가? 자동차, 교육, 건강식품, 음식, 보험, 출판, 기타 콘텐츠 등 여러가지가 있을 것이다. 떠올려 적어 보자. 그것을 얼마에 파는 것에 있어서 내 마음이 위축된다면, 그것은 아직 그것에 대한 나의 확신이 아직 작다는 말이 될 수도 있을 것이다. 적어도 일을 시작할 때 나의 확신은 동기가 되고, 지속할 수 있는 에너지가 되기도 하는 것 같다.

브랜드 가치나, 판로보다 중요한 것은 품목을 마케팅 하는 내 마음의 확신하는 정도라고 하겠다. 단지 월 얼마의 돈을 벌기 위해, 나의 명예를 위해서 품목을 선택한다면, 그것은 오래가지 못하며, 명예의 전당까지 올라가기도 힘들 수 있다. 품목이 정해졌다면 인원의 배열, 장소의 배열을 적을 차례이다. 인원 100명을 적어 보자. 나와 가까운 사람 중 제2의 소개가 나올 수 있는 영향력 있는 사람을 순서대로 100명을 적어 보자. 그리고 전국 지도를 펼쳐 놓고, 내 상품이 들어갈 수 있는 곳—수도권 300곳을 적어 놓자.

꿈을 펼쳐갈 때, 사무실을 얻어서 꾸미거나, 바로 동업을 하면 월세, 인테리어 비용, 인건비 지출이 발생한다. 무료의 개인 공간, 동업자 없이 시작해야 한다.

그리고 1개월 홍보 미션, 3개월, 6개월까지의 플랜을 짜고 그렇게 간단히 시작해 보자. 6개월간 내가 노력했는데, 성과가 전혀 없다면 그 일은 접어도 괜찮다. 그리고 1~3개월까지는 성과가 미비할 수 있기 때문에 부업으로 생업을 위해 100만 원 전후의 일을 어떤 형태로든 하는 것을 권장한다.

나는 어떤 영역을 선택하여 도전할 때, 이 세상에 기여하며 남을 돕고, 나의 수익도 창출시킬 수 있을까?

❋ 역발상

워라밸, 내 삶의 주체성에 너무 의미를 두다 보면 내 삶에서 내 주체성이 우선 순위가 되어, 내가 생계를 위해 해야 하는 일로 인해 내 시간을 뺏기는 듯한 느낌을 받을 수 있다.

그럴 때 방법이 있다. 나의 삶을 일로 먼저 채우는 것을 넘어 전부 채워 보는 것이다. 24시간 일한다고 느끼게 하는 것을 권장한다. 이것은 일중독과는 전혀 다른 콘셉트이다. 나는 계속 일을 해야 하는 사람인데, 중간에 쉬는 시간도 있고, 식사 시간도 있고, 수면시간도 있는 것이다. 24시간 공부를 해야 하는데, 이동 시간에 쉬고, 식사하면서 쉬고, 간식을 먹으며 쉬고, 씻으면서 쉬고, 음료수 마시면서 쉬고, 숙면하면서 쉬고 등등 쉼이 확보된다.

한때 일과 삶의 균형을 어떻게 하는 거지? 왜 난 안 되지? 이런 고민을 하다가 24시간 일하기, 24시간 공부하기를 적용했더니 마음이 평온하고 잠잠해졌고, 감사함마저 든다.

🌼 워라밸 셀프 체크

나는 일을 하며 평균 수입이 200만~260만 원 정도 되었을 때가 가장 많았다. 그런데 일을 더 하며 300만 원 이상 받을 때 기분이 막 좋은 것이 아니라, 내 삶을 뭔가 끌어내리는 것 같은 이상한 기분이 들었다.

이 부분을 스스로 돌아보고 문제의 원인을 찾아보기 시작했다. 내가 원하는 것은 단지 300만 원을 벌어서 원하는 것을 사고, 저축하고 이런 삶이 아닌 것 같았다.

내 삶에서 내가 온전히 쉼을 갖고, 소중한 사람들과도 시간을 보내고, 나 자신에 대해서 투자할 시간, 계발할 시간도 갖기를 원했다. 미래를 위해 현재를 포기하는 것이 아니라 미래지향적이지만 현재의 삶도 너무 중요한 워라밸을 원하고 있었던 것 같다. 월수입 300만 원보다 조금 많은, 그 자체는 일단 나에게 소비의 가능성을 높게 해 준다. 월 300만 원을 벌기 위해 내가 치러야 하는 체력, 시간, 에너지들에 대한 소비가 있어야 함도 알게 되었다.

보통 내가 원하는 흐름을 찾기 위해 직장을 옮길 수도 있고, 내가 속한 직장 내에서 내가 원하는 삶의 패턴으로 일정과 환경을 수정해 나갈 수도 있다. 나는 수동적인 느낌에서 벗어나 문제점을 개선하고자, 현재의 일에 대해 흐름을 파악하고 수정하기 시작했다.

우선, 하루하루 고객을 만나는 시간표 짜는 부분은 최대한 주도적으로 짰다. 일정 짜는 시간을 10분 이내로 할애해서 하루 시간표 짜는 스트레스를 줄였다. 코칭 고객을 하루 평균 3명만 만나고, 몇 시부터 몇 시까지의 시간을 내가 주도적으로 정하여 수동적인 삶에 대한 스트레스가 줄었다.

이동하는 부분은 내가 하루 종일 사무실에 있는 내근직을 힘들어하는 것을 다시 한 번 인식하니, 감사한 부분이 인식되었다. 그리고 난 대중교통으로 이동하여 이동시간이 많았고, 에너지가 많이 들었다. 그래서 차로 이동하며 코칭 하는 사원들에게 물어보고 그들의 움직임을 관찰했다. 차로 하루에 100㎞ 이동하고 연료비와 유지비가 들면서 피곤이 가중되기도 한다고 했다. 차의 편리함과 불편함이 공존하고 있었다. 대중교통의 불편함과 편안함의 양면을 인식하면서 이해하고 현 나의 상황을 어느 정도 받아들이게 되었다.

🌱 무조건적 실행, 그것이 답일까?

무조건 실행해 보라는 사람들은 대중 앞에서 강연하는 강사들이 많고, 그들의 기질은 외향적 기질이 많을 수 있다. 그렇다면 강의에서 말하는 이야기들은 이 세상의 약 50% 정도 되는 외향적 기질의 삶의 기류이라고도 볼 수도 있겠다. 내가 외향적 기질이 아니라면, 강사들이 하는 그들의 이야기를 다 듣진 않는 게 오히려 좋을 수 있다.

실행은 우리 삶에서 꼭 필요한 부분이나 무조건적 실행, 실행이 답인 것처럼 강조하는 흐름은 꼭 적용하지 않아도 될 것 같아 보인다. 우선 '실행해 보자'라는 생각으로, 실행하며 겪는 어려움은 개인뿐 아니라 그 속한 조직에도 타격감을 안겨준다.

지금 나는 실행을 멈출 수 있는가? 쉬지 않고, 끊임없이 사람을 만나고, 돌아다니며, 행동을 반복하는 것은, 나의 마음의 무엇 때문일까?

삶의 정답은 어디에

엄청 대단한 과수원을 봐주는 일을 하는 것보다 내가 집안에 심은 나무에 심은 새싹과 나무를 보는 것이 더 감동이라는 말이 들은 기억이 난다.

쉼도 그냥 다른 사람의 쉼을 따라 하거나 다른 방식을 추구하지 말고 나만의 쉼을 누려보는 건 어떨까? 여행을 가서,

맛집에 가서 SNS에 올리기 바쁜 사람들이 더러 있다. 바쁜 기간 휴가 냈다고 내 삶이 끝나지 않는다. 무슨 일이 일어나지 않는다. 하다못해 내가 회사를 그만두어도 내 삶은 크게 진동하지 않고, 회사는 아무 일 없이 잘 돌아간다. 아니, 어쩌면 더 잘 돌아갈지 모르겠다.

김창옥 교수님이 법륜스님 이야기를 해 주신 말이 생각난다. 세상에는 좋은 일, 나쁜 일, 성공한 일, 실패한 일이 있는 게 아니다. 세상에는 이런 일 저런 일이 있다.

자신이 너무 정답인 것을 그리며 그것을 찾아서 삶을 살려고 하지 말자. 그 정답은 누가 만든 정답이고, 삶의 문제는 누가 출제한 문제인가?

정답을 찾으면 찾을수록, 내 틀을 더 확고히 세우면 세울수록 그것이 내 삶을 옥죄고, 스스로 고립된다. 세상의 맞고 틀린 부분은 분명히 존재한다. 보편성을 띄는 내 사고와 신념도 원천적이기보다는 누군가에 의해서 생겨난 것이지 않을까?

내가 생각하는 정답이라는 것도 나의 어릴 적 경험, 부모로부터의 어떠함, 결핍, 내 확신 등에서 오는 경우가 많은 것 같다. 내가 보기에 정답이지, 상대방이 보기에 정답이 아닐 수 있는 확률이 높다.

내가 정답이라고 말하는 그것이 나의 삶을 이끌고 타인을 살리기보다 나를 잡아먹고, 내가 함몰되고, 나의 자유를 침범하는 경우가 많은 것 같다.

좀 하고 싶은 것을 해도 괜찮지 않을까? 친구들을 만나고 놀러 가고, 충분히 재미있게 누리는 게 일단 좋고 삶에도 도움이 되는 것 같다. 우린 이미 익숙해져 있다. 놀지 않는 것에, 재미있는 것을 누리면 약간의 사회이탈자 느낌, 죄의식 이런 정서에 우리는 자연스레 익숙해 있다. 이젠 그 익숙한 부분에서 나와 보면 어떨까? 그 익숙함으로 인해 진짜인 것을 우리는 많이 마주하지 못했으니 말이다.

정말 아름다운 세상인데 누리지 못하고 나는 여전히 고생하며 어쩔 수 없지만, 대한민국에서는 일을 정말 열심히 해야 한다는 생각에 익숙해져 버린 나 자신, 나 자신은 이제 이런 부분 익숙해져서 이젠 어떤 외식이나 나를 위한 옷을 사는 것들이 참 낯설기도 하다. 나를 위한 어떤 투자는 사치라고 생각할 때도 있다. 재정이 확보되었는데, 이제 소비하는 게 익숙하지 않다. 나만 그렇게 생각하고 말면 괜찮다. 타인의 소비를 보며 그 부분을 사치라고 판단할 수도 있다.

내가 지금 누릴 것들을 '지금 아직 안 되는데……' 하며 50대, 60대로 유보하는 부분이 혹시 내 안에 있는가? 그런 것이 있다면 재정적 무리가 되지 않는 범위 내에서 지금 바로 이달에 계획하고 약속을 잡아 보자.

🌼 마감 효과

마감이라서 대강 일을 끝내게 되는 것이 아니라, 마감이 있기 때문에 내게 없는 에너지까지 끌어올려 일을 탁월하게, 효율적으로 마무리할 수 있다. 처음에는 거의 누구나 신나서 시작했지만 일을 하다 보니 지치고 힘들어진다. 그때 그 일을 책임감 있게 우선순위로 마스터 하게 하는 것이 바로 마감기한인 듯하다. 그리고 마감기한 내에 끝내는 경험이 몇 번 쌓였을 때 나 스스로에게 알맞은 규모와 균형을 가져다준다. 나 스스로 나를 더 인정해 주고, 나의 내면의 컨디션도 집중해서 마무리한 그 이후를 자유와 편안함으로 내 정서를 누릴 수 있지 않을까? 그 업무와 연결된 타인과의 신뢰도 유지될 수 있는 장점 또한 있다. 지금 내 앞에 기한 내에 끝내야 할 업무가 있는가? 남은 일수가 며칠인가? 그럼 오늘 내가 해야 할 부분은 무엇인가? 마감기한 당일까지 일을 계획하지 말고 이틀 전까지 마스터 하는 것으로 계획 잡고 움직이면 마감기한까지 여유 있게 일을 마스터 할 수 있을 것이다.

🌸 습관의 통찰

사람은 누구나 새로운 걸 하면 사람은 에너지를 많이 쓰게 된다. 그래서 새로운 일을 할 때 쉽게 지치게 되는 경우를 종종 본다.

평소 일하는 것보다 새로운 곳에 놀러 갔다 올 때 더 피곤한 경우도 이러한 경우이다.

일을 하게 되면 처음에는 힘이 많이 드는데, 점점 편해지는 이유는 습관이 되었기 때문인 것 같다.

이 습관은 나 스스로 길을 닦는 시간이 필요하고, 그 뒤부터는 물 흐르듯이 흘러가게 되는데, 그 물 흐르듯이 되는 것까지가 힘든 순간인 듯하다.

가령 나에게 있어서 하루가 편하려면 어떻게 해야 할까 생각해 보았다.

2가지인데 미리 서두르는 습관과 집에 들어가자마자 씻고, 일어나자마자 씻는 습관이었다.

우리를 지치게 하는 것은 내 안에 어떤 생각과 행동의 반복이다. 그것들이 나의 삶의 발목을 잡고 있었다. 나는 저 위의 2가지가 되지 않아 힘들었다. 지하철을 탈 때 1분씩 늦어서 차를 놓치는 경우가 10번 중 7~8번이 넘었다. 일을 마치고 집에 와서 씻기 전에 잠시 누워 있다든가, 다른 먹을 것을 먹으면서 편안하지 않은 상태에서 잠드는 경우가 많았다. 생각을 해 보았다. 내가 지하철을 아슬아슬하게 타는 이유는 무엇일까? 내가 약속장소에 딱 맞춰 가는 이유가 무엇일까? 내가 지인들의 결혼식을 시작한 후에 들어가는 이유가 무엇일까?

내가 가진 습관 중에 바꾸고 싶은 습관이 있을까? 그 습관을 바꾸려면 구체적으로 어느 지점을 수정하면 가능할까?

✳ 객관화 작업(나의 삶, 나의 배우자, 나의 일)

내 삶에서 나의 사랑하는 사람과 나의 일을 하며 겪는 일들은 상대적일 것 같지만, 자세히 보면 누구나 겪는 보편적인 문제이다. 한계를 느낀다. 어려움을 느낀다. 갈등이 발생한다. 포기한다. 이런 흐름은 나의 상황이 바뀌어도 이 흐름은 바뀌지 않을 수 있기에, 사람이면 누구나 이 흐름이 구조적으로 발생한다는 인식을 먼저 하면 좋을 것 같다. 이 흐름에서 당면한 문제 앞에 어떻게 생각하고 어떻게 행동해야지 알면 지금의 수렁에서 나올 수도 있을 것이다.

✳ 3인칭 관찰자 시점

만약 내 꿈을 포기하고 그 일을 계속했다면 안전했겠지. 다만 매일의 아쉬움과 무미건조함, 포기한 그 마음을 위로받고자 끌어올리는 다른 열심들.
그리고 알게 되겠지. 아, 그래 이것은 내 옷은 아니었지.

🎇 간헐적 자유

김제동은 방송에서 이런 이야기를 하였다. 사자가 진정한 강자인 이유는, 물소를 때려잡고, 누구와 싸워서 이길 수 있는 용맹스러움이 아니라, **그 어떤 상황에 있더라도 배를 뒤집어 까고, 여유 있게 쉴 수 있는 마음의 여유**가 있어서라고. 6일 집중하고, 하루를 온전히 쉬어도, 다음 일주일에 지장이 없고, 안전하며 도전할 수 있다는 용기가 당신 안에 있으면 좋겠다.

🎇 리더의 성적 vs 리더의 리더십

"나는 되는데 왜 그들은 안 되지?" 국가대표 감독을 맡으며 훈련 도중 현정화 감독의 고백이었다. 오셔(김연아 선수전 감독), 퍼거슨(전 맨유 감독), 히딩크(전 네덜란드, 대한민국, 첼시 감독), 박항서(베트남 감독)! 이들을 보자.
중요한 것은 리더의 소싯적 성적이 아니라 멤버들에게 동기부여 할 수 있는 리더십이 아닐까?
실력보다, 전달력 그것이 그 팀의 성패를 좌우한다.

🌺 나의 지금을 이기는 교육

교육에서 하부루타 교육법을 우리는 기억한다. 답이 없는 이야기를 많이 하고 직접적인 학교 시험과 관련 없는 다양한 이야기들을 많이 주고 받아보는 것. 그것은 생각의 틀이 확장되고 사고가 유연해져 시대를 대표하고, 시대를 뛰어넘는 창의적인 인재가 될 수 있다.

일에 대해서도 일과 관련된 이야기들, 영업과 매출에 관한 아이디어나 전략을 탑 · 다운으로 가지 말고, 신입의 이야기를 들을 수 있을까?

🌺 나를 이기는 리더십

리더십을 펼칠 때 나는 어떨까?

내가 중간 관리자일 때 대표가 전달해 준 내용이 중요하다고 생각하여 그대로 전달하려는 경우가 많은 것 같다.

그 내용을 내가 씹어서 자기 것으로 소화하고, 사원에게 맞춤형 전달을 해 줘야 흡수가 되는 듯하다.

전달 자체에 몰입하여 상명하복의 흐름으로 전달한다면,

요즘 팀원들은 굳이 그 얘기를 들으려고 하지 않는 것 같다. 팀원들의 움직임과 태도가 맘에 들지 않는가? 팀원들을 그냥 놔두자. 그냥 둬도 흐트러지지 않는다. 내가 사원들에 대한 강한 신뢰가 있어야 팀원들을 그냥 둘 수 있다.

만약 팀원들을 간섭하고 싶고, 참견하고 싶은가. 그것은 자기가 자존감이 낮으므로 타인에 대한 불신이 있고 타인에 대한 시선을 지나치게 의식하고 타인을 의심하기 때문에 나오는 행동일지 모르겠다.

저렇게 놔두면 사원끼리 부정적인 생각을 할 것이고 결국은 다 안 좋은 결과 또는 퇴사로 이어질 수 있다는 생각 때문일 것이다. 말 그대로 내 안에 부정적인 생각이 나온 결과가 바로 지나친 통제로 이어질 수 있다. 팀원들은 말하지 않아도, 개인적으로, 그들끼리 모여서 회사와 대표와 리더들을 자체평가하고 있다. 리더의 역할! 무엇을 더 말해 주려고 하지 말고, 불안해 보여도 스스로 할 수 있도록 기회를 주고 그것에 대해 지켜봐 주는 것이 아닐까?

당장은 그들이 내가 말한 대로 따라와 주지 않아도, 그것의 영향력에 대해 꾸준히 해 본 리더들은 알게 될 것이다.

☀ 다 말하지 않는 것

아무 말 하지 않고 내 할 일을 묵묵히 한다.

어떤 요구나 말들을 하고 싶지만 하지 않는다. 그 말을 하는 즉시 상대방은 해야 할 생각들이 휘발하고 만다. 그 말로 어떠함이 대신 된 것이다. 아무 말 하지 않는 것은 상대방이 실수했을 때에도 마찬가지일 수 있다. 실수를 했을 때, 그 사람에게 잘못을 지적하면 그걸로 실수를 한 사람은 그것을 돌아볼 명분이 없어진다. 왜냐하면 싫은 소리를 들었기에 그 값은 치러졌다고 믿기 때문에.

가족 간에는 더 섬세한 말과 행동과 표정이 필요한 것 같다. 내면에 정서가 하나로 연결되어 있기 때문에 작은 말, 작은 행동, 표정, 뉘앙스가 모두 영향을 미칠 수 있다. 아무 말 하지 않고 내 할 일을 묵묵히 했을 때 상대방은 알아차린다. 고마워한다. 정말 말하고 싶을 때 하지 않으면 그것이 1주일, 2주일 지났을 때 변화를 경험할 것이다. 상대방에게 요구하거나 지적하지 말고 내가 묵묵히 할 일을 하는 것. 그것이 최고의 인격적인 요구이며 나와 상대방의 건강한 변화를 일으키지 않을까?

🌺 진짜 경쟁에서 나를 이긴다는 것

경쟁은 타인과의 경쟁을 말하는 경우가 많다. 남을 짓밟았을 때 얻는 희열이 있을 수 있다. 승리가 결과적으로 돈을 많이 벌고 대박 나서 유명해지는 것에 있다면 그 수단과 방법은 가리지 않게 된다. 내가 당선되는 것이, 내가 달성하는 것이, 나의 매출이 상승하는 것이 목적이 된다고 생각해 보자. 그럼 난 어떤 방법이든 그것이 선하든, 선하지 않든, 남을 짓밟고 올라서든, 남을 죽이든 상관없이 진행하게 될 것이다. 인간 본연의 이기심으로 남의 것을 착취하여 내 것으로 가져오는 것이 승리가 아닐 수 있다. 승리는 나의 연약함을 돌파하여 도전해 보는 그 자체, 그리하여 나도 좋고 상대방도 좋을 수 있는 것, 그게 승리가 아닐까?

🌺 비슷한 경쟁률

가수, 래퍼, 강사, 억대 연봉자, 수능 1등급, 세일즈맨, 프로젝트성 사업, 기업승진, 회사 계약 성사, 공무원시험 합격,

중·고교 내신등급, 베스트셀러 작가, 보험영업, 월 매출유지 및 상승, 사업운영 등이 그렇다. 영역만 다르고, 경쟁률은 비슷해 보인다. 나의 영역은 어디인가?

☀ 돈을 버는 이유

돈을 버는 이유가 명확하지 않은 경우가 많다. 그냥 막연한 것이다. 모호하게 "나는 돈을 많이 벌고 싶어."라고 한다면 돈이 잘 벌리지 않을 뿐만 아니라, 막상 돈을 벌어도 운용이나 관리가 안 된다. 서장훈 선수가 "돈을 왜 버세요?"라는 질문에 "남에게 아쉬운 소리 하기 싫어서……"라고 답했다. 돈이 행복지수와 어느 정도는 비례하지만 일정 액수 이상이 넘어가면 그 비례공식은 더 이상 성립하지 않은 경우가 많다. 반대로 돈이 없는 경우에 우리는 정확히 불행하다고 말하긴 어려운 것 같다.

하지만 돈이 부족할 때 불행할 수 있는 요소들을 많이 지니고 있어 보인다. 이것을 나는 마치 폭탄을 가지고 살아가는 것에 비유하고 싶다. 나는 통장에 잔액이 없는데, 내 사랑하는 사람이 병원에 입원하거나, 갑자기 급한 재정이 필요할 때 나의 마음에 불편함을 넘어 불행을 가져올 수 있는 상황을 맞이하게 되는 것. 주로 더 좋은 차, 더 좋은 집, 더 좋은 가방과 옷, 음식들을 누리지 못하여 불행을 겪진 않는 것 같다. 그것은 그런 쪽에 결핍의 공간이 커져 버린 사람들의 경우이지 않을까.

보통 불편함을 넘어 불행함은 내가 아플 때, 내가 이사 가야 할 때, 내 자녀의 학비 등일 것 같다. 내가 마련되었더라면 사랑하는 이에게 불편함을 주지 않을 텐데, 내가 도울 준비되지 않아서 사랑하는 사람을 불편한 상황으로 둘 때 나 자신이 불행함을 느끼는 그것. 여름에 놀면서 겨울을 춥고 고통스럽게 보낸 배짱이 대신 겨울을 위해 여름을 성실하게 준비한 개미의 흐름으로 돈을 벌고 모아야 하는 것의 비유가 떠오른다.

돈은 다른 것을 희생시켜서 만들어 내는 것이 아닐까? 소중한 건강, 소중한 시간, 소중한 관계, 다른 일을 할 가능성 등 삶의 균형이 있다면 돈의 균형도 있지 않을까. 그렇다면 모든 균형이 소중하기에 돈의 무한성에 대해 범위를 정해 보는 것도 좋을 것 같다. 돈의 무한 상승 욕구로 다른 것을 깨뜨리지 않기 위해서.

🌼 자리마다

사원-주임-대리-과장-차장-부장
이사-상무-전무-부사장-사장-부회장-회장

직급의 변화는 무엇을 의미할까 생각해 보았다. 아마 경험
치를 인정해 주는 자리가 아닐까 싶었다. 자리마다 경험했
을 실무 능력들, 그 자리까지 여러 가지 겪었을 경험들과 시
행착오들이 있었을 것 같았다. 인내하며 버틴 그 시간을 인
정하여 부여하는 직책들이 아닐까 생각했다. 정말 특수한 몇
몇 경우를 제외하고 우리는 사원부터 시작하는 것 같다. 내
가 속한 곳에서 최종자리인 회장까지 오르는 것이 목표가 아
닌, 그 자리 자리에서 주어지는 역할을 감당할 때 배움을 얻
게 되는 것 같았다. 이전의 경험 없이 처음부터 과장을 맡으
면 사원, 주임, 대리를 모르지 않을까. 나는 지금 사원이다.
언제까지 사원일지 모르나, 여러 잡일을 수동적으로 배우고,
능동적으로 찾아서 하고 있다. 주임이나 대리를 꿈꾸기보다
지금 나는 사원시절에서만 배울 수 있는 하루하루를 경험하

고 있다. 배움이 있는 사원시절이 내게는 그런 의미가 있다.

🌼 관계의 거울

치열한 삶, 분주한 삶에서는 내가 나로 살아가는 것, 내가 어느 정도 살아가고 있는가를 느끼지 못할 때가 많이 있다. 내가 잘 살고 있는지도. 내가 어느 정도 일이 진행된다고 생각하면 그 성취를 다 하지 못하여도, 3개월에 한 번씩 모임 1~2개를 능동적으로 잡는 것을 추천한다. 나와 일대일로 마음을 나눌 수 있는 신뢰감 있고, 깊은 친구를 한 달에 한 번 정도 만나며 안부를 묻고 나를 보는 시간을 가지면 좋겠다.

🌼 돈에 덜 영향받는 삶

돈은 너무 많아도 영향을 받을 수 있고, 너무 없어도 영향을 받을 수 있는 것 같다.

인간은 누구나 일해야 한다는 인간의 대전제 안에서, 균형을 찾는 것은 어쩌면 나의 몫일 수 있겠다. 돈의 영향을 받지 않으려면, 돈이 없는 상황에 나를 노출 시켜 보자. 돈의 균형을 찾기 전에 돈이 없는 상황을 2주일 정도 경험해 보면 어떨까? 사람들 대부분이 이러한 상황과 마주하지 않으려고 고군분투하는 것 같다. 돈이 없는 극한의 상황에서 나의 일상, 그 상황에서 어쩌면 진짜 나의 모습이 나오는 것 같다.

🌸 사람에게 덜 영향받는 삶

일하면서 사람들에게, 가족끼리 대화에서, 교회 같은 모임 안에 대화에서 안 좋은 영향을 받고, 상처를 받는다. 모든 감정의 문제는 관계에서 비롯된다는 말을 어느 정도 인정한다. 관계의 얽힌 부분에서 나에게 숨통을 틔우도록. **모든 관계를 일시 중단하고, 모든 모임에 일단 일시 정지해 보자.** 사람들과 연락 없이 단 하루의 시간을 나에게 허락하자. 오롯이 혼자 조용한 카페 공간에서의 나만의 시간을. 그리고 내가 나에게 하는 이야기를 들어 주자. 나를 보호해야 한다. 그동안 얼마나 마음 졸였는지, 얼마나 참았는지, 하고 싶은 것들을 포기하며 살았는지, 얼마나 조마조마 했는지. **나를 사람들로부터, 세상으로부터 잠시 도망치게 해 주자. 내가 눈치 보지 않고, 온전히 편안하게 숨을 고르게 쉴 수 있도록.** 잠시나마, 나를 아끼는 시간들.

질서와 자유는 공존하는 것이 좋다.

질서가 없는 자유는 공허하고,

자유 없는 질서는 숨 막힌다.

2.
내 방 탈출 카페

🌿 내 생각이 맞다는 확신이 강할수록 찾아오는 것들

변화하지 않으면 죽는다는 말을 들은 적이 있다. 변화하지 않을 때 죽어 가는 고통을 받는 대상은 내가 사랑하는 사람, 내 가족, 내 아내, 남편, 내 자식이 아닐까. 나는 살면서 많은 사람을 만났고, 그래도 평범함 이상의 그 무엇을 가지고 살아가고 있다는 생각으로 결혼하였다. 내가 살아가며 세워진 신념들, 내 생각이, 내 방식이 맞다고 고집할수록 내 사랑하는 배우자는 고통스러워했다. 상생은 나에게 문제가 있다는 인식, 내가 틀리다는 생각, 그것을 인정하는 것에서부터 시작되지 않을까?

🌟 내게 힘든 것

사실 죽도록 힘들지만 막상 일을 하다보면 죽도록 힘들지 않다는 것을 나 스스로 안다. 그 힘듦의 연속은 정말 일이 너무 힘들다기보다 힘들다는 나의 반응의 의미가 더 크다. 일을 계속 하다 보면 일 자체는 익숙해져서 에너지가 점점 덜 든다. 하지만 관계에서 오는 스트레스로 인해 일하기 싫고, 그 사람과 마주하기 싫은 마음이 더 크다. 그런 점에서 나는 스트레스가 적은 프리랜서로 회사에 소속되어 주 2~3회 오전에만 출근하고 점심식사를 마치고, 코칭 방문 현장으로 갔다. 그나마 자유롭게 코칭하며 일을 했었다.

사람들이 힘들다, 힘들다 한다. 나도 막연하게 힘들다는 인식 속에 하루하루를 살아가고 있었다.

그렇다면 나에게 무엇이 힘들까? 정확히 분석되지 않은 힘들다는 느낌 속에 나, 하루는 마음먹고, 이 일의 무엇이 힘들까 어느 날 나는 분석해 보기 시작했다. 그것은 오프(일을 쉬는 날)에는 나의 일과가 보통 3~4시부터 시작인데, 오전부터 집에서의 편안함과 안락함을 누리고 싶은 마음이 있었다.

안락함과 쉼을 끊고, 일로 에너지를 전환하는 그 과정이 힘들었다. 오전에 비몽사몽으로 일을 시작하여 저녁 먹을 즈음에 하루를 마무리하고 쉬는 패턴보다 더 힘들게 느껴졌다. 그리고 내가 일할 때 고객들과 시간표를 짜는 것과 걸어서 이동하며 고객들을 만나고 또 이동하며 소모되는 에너지 소비가 좀 힘들었다.

그리고 코칭을 일대일로 진행하고 또 이동하고 또 일대일로 진행하고 하는 현장 코칭 과정에서 소속감 없이, 어느 보호감도 없이 혼자 일하는 느낌이 들었다. 혼자 일하는 느낌은 서비스직이라면 누구나 받겠구나 생각하며 조금씩 이해가 되었다.

내가 지금 힘든가? 나의 삶이 너무 견디기 힘든가? 내가 하고 있는 일이 버티기 너무 버거운가? 일하는 부분에서 나는 어느 부분이 힘이 드는가? 내 삶에서 정확히 어느 부분이 감당하기 어려운 부분인가?

🌻 우리는 무엇 때문에 힘들까?

우리는 자본주의, 물질만능주의 영향권에 있는 것 같다. 돈이면 무엇이든 다 할 수 있다고 생각하는 것 같다. 무엇이라는 그 무엇에는 제한이 없는 것 같아 보인다. 돈이면 단순히 내가 하고 싶고 살 수 있는 일반적인 것들을 넘어 직업도, 친구도, 연인도, 지식도, 생명도 살 수 있다고 생각할 수 있는 것이 물질만능주의가 아닐까?

인간의 존엄성은 돈 앞에 무릎을 꿇게 되는 경우가 많다. 돈을 위해 무리한 영업을 하게 되고, 돈을 위해 음식에 장난을 치게 되고, 돈을 위해 속임수를 펼치기도 한다. 돈이 판치는 세상에서 우리의 가치는 뒤로 숨어 버리거나 밟혀 버리기도 한다. 돈은 인간의 욕망이 만들어 놓은 최대 우상이자, 그 욕망이 우리를 노예로 만들어 버리는 강력한 도구가 되어 버린 것 같다.

우리 삶에서도 여유를 찾지 못하게 하고 우리를 더 일하게 만들기도 한다. 돈 앞에 내 자신을 숙이게 된다. 돈이 지금 세상에 주는 영향력은 그렇게 압도적인 것 같다. 그럼 우리는 자본주의 사회에서, 이 물질만능주의에서 어쩔 수 없이 그렇게 자본 아래에서 돈에 굴복하며 살아야 할까?

내가 대한민국 평균 급여를 받는다고 해도 내가 소비의 노예가 된다면 내 삶은 자본 아래에서 자유롭지 않다. 내가 큰 기업에 소속되어 고액 연봉을 급여로 받고 있는 회사원이라면, 나의 삶에서 자유로워질 부분이 제한적일 수 있다. 삶이 힘들다면 돈이 없어서 힘든 것일까? 내가 불행한 것은 정말 내가 돈의 부족으로 인해 불행한 것일까? 돈이 적어서 불편한 것일까?

🌸 단독자

20~50대, 나이를 막론하고 부모나 가족에게 의존하는 경향이 요즘 뚜렷해지고 있다. 두렵지만 부모와 가족의 도움을 바로 끊어야 내가 성장하기 시작한다. 나 또한 부모에게 정서적, 경제적 의존도가 높았기 때문에, 내 능력치에 대한 성장기회가 많이 없었다. 그리고 세상이 막연하게 두려웠고, 할 줄 아는 게 많이 없었다. 부모나 형제, 남편, 아내에게 의존하지 말고 어느 일정 부분 세상에 단독자로 서는 것들을

이야기해 주고 싶다. 실업급여를 받거나 청년수당을 받는 경우라면 그것이 끝나기 전까지 수익구조를 만들 수 있도록, 도서관이나 카페에서 일에 몰입하면 좋겠다.

만약 지금 내게 어느 수당도 없다면 월 70~130만 원 정도 볼륨의 일용직이나 아르바이트를 추천한다. 월 200~300만 원 정도 또는 그 이상 급여를 주는 일들은 그 일 자체로 하루가 끝나고 주말은 쉬기에 급급하다. 받는 급여를 줄이면 시간이 확보된다. 그 확보된 시간에 내 일에 집중하면서 나를 성장시키고 수익구조를 만들어 갈 수 있다.

처음에 불편하지만, 소비를 줄이고 집에서 식사하고 카페를 끊고 도서관을 가보자. 익숙했던 지인들을 업무에 집중하는 기간인 1~2달만 만나지 않는 방향으로 해 보자. 자신만의 시스템을 만들 때까지만 고생해 보라고 이야기해 주고 싶다. 마중물이 드디어 조금씩 터져 나올 때까지 계속 펌프 과정을 시행해 보자. 죽을 것 같지만 죽지 않는다. 그 숨 막히는 고비의 불편함을, 그 역풍을 견디고 넘어가 보자 우리.

✳ 결핍의 본질

결핍을 좇는 것은 어릴 적 내게 필요한 부분에 대한 갈망의 표시이므로 존중받아 마땅하다. 가장 큰 부분이 배우자를 선택할 때 내게 없는 반대성향을 향한 끌림과 선택이다. 내게 자유가 부족했다면, 자유로움을 향한 갈망이 있을 것이다. 내게 애정결핍이 있다면, 사람들을 향한 관계의 갈망이 있을 것이다. 내게 인정을 받지 못한 부분이 있다면, 내게 인정에 대한 갈망이 있을 것이다. 내게 돈에 대한 결핍, 먹을 것에 대한 결핍이 있다면 그것에 대한 갈망이 있을 것이다. 내면이 건강하지 않다는 표현보다 내 안의 결핍이 무엇인지 보고, 그것을 향한 나의 갈망이 있다는 것을 바라봐 주고, 그 갈망의 표시에 반응해 주는 것이 우선 필요하겠다.

✳ 자본의 양면성

돈을 좇으며 내가 기억해야 할 생각: 내가 지금 왜 이 일을 하고 있지?

"돈 벌면 행복할 줄 알았다. 행복 팔아 돈 버는 줄 모르고."

행복의 중요한 조건 중 여러 가지가 있지 않을까. 그 중에서 많은 사람이 불안하지 않는 경제적 상태, 가족, 건강, 신앙을 이야기했다. 돈이 많을수록 행복과 비례하지 않지만, 어느 정도의 재정은 행복을 이루는 데 중요한 요소인 것은 맞는 말 같다.

도전하며 너무 재정적 달성만을 생각하면, 성취하고도 불행할 수 있다는 것.

내 도전과업이 너무 잘되고, 돈이 잘 벌리는데 내가 입원을 해야 한다면. 나의 일이 너무 잘되고, 바빠서 내 와이프와 시간을 보내지 않아 사이가 너무 안 좋게 된다면. 도전을 추구하며 가되, 자본을 추구하되, 자본이 목적이 되지 않도록 그 길을 가는 것.

🌸 화려한 삶

보이는 것에 집중한 사람들.

사실 부모에게 엄청난 재산을 물려받는 극소수의 사람들 외에 30~40대에 대출을 받지 않고, 고급 집, 고급 차, 고급 옷을 입는 삶을 살기란 쉽지 않을 수 있다.

카푸어는 실제로 가난하지만 비싼 차를 대출하여 구입하고, 투잡, 쓰리잡까지 뛰면서 그 차를 끌고 다니는 사람들을 말한다. 보통 사업이나 영업을 하는 분들은 화려한 차와 옷을 입고 다닌다. 그들은 현금자산이나, 부동산이 없을 수 있고, 대출받아 산 차와, 할부로 산 옷이 많을 수 있다. 하루에 몇 백씩 나가야 하는 카드할부금을 막기 위해 동분서주할지 모르겠다. 메이크업, 액세서리, 멋진 옷과 스타일, 멋진 차로 그 사람을 보는 사람이 아직 있을까?

✴ 결핍에너지

내가 그렇게 추구하는 것이 나의 상처와 결핍에서 나온다는 것을 알까?

균형이 없는 지나친 자기의 열심, 내가 인정받고 그 인정이 나를 지탱해 주고 있다고 믿어 버리는 것.

그것으로 마치 내 존재가 입증된다고 착각하기도 하는 나.

그 착각은 내 결핍에 따른 내 몸부림.

그럴수록, 인정받기 위한 더 큰 몸짓으로 이어지는 나의 열심들.

인정을 지나치게 추구하는 것이 위험한 이유는 일시적으로 결핍들이 채워질 때는 흡족하고, 그렇지 않을 때는 자신을 몰아부쳐 인정사정 볼 것 없어지게 만든다. 자신이 인정받고자 하기 때문에 기준이 내가 아닌 타인이 된다. 어떤 것이든 할 때 늘 자기 자신이 드러나기 원하고 그들의 시선과 반응을 원하기도 한다. 극단적으로 그들은 결혼식 때에도, 신혼여행 때에도, 개인 여행 때에도, 어떤 작은 행동을 할 때도 그 자체를 누리기보다 사진을 찍고 그것을 톡이나 SNS에 올리며 나 지금 이렇게 하고 있다고 보이길 원하는 이들.

타인에게 보여 주는 삶을 살기에 급급한 이들, 그 인생은 어쩌면 불쌍한 인생.

현재를 살지 못하고, 타인의 반응에 에너지가 많이 분포된 자존감이 너무 낮은 이들.

내가 만약 그렇다면 나 자신에게 '미안해'라고 사과를 해 보면 어떨까?

🌼 나를 이기는 후배

실적 경쟁을 할 때 나를 이기는 사람, 나를 치고 올라오는 사람은 나보다 실적이 낮은 선배가 아닌 생각치 못한 후배일 경우가 많다.

씨름선수 이만기, 강호동을 보면서 후배는 언제든 선배를 이길 수 있다는 것을 다시 한 번 보게 되었다. 선배만 보지 말고 후배도 보면서 가기.

🌸 일탈, 나를 이기고 상대까지

반복된 삶 속에서 그 틀을 벗어나기 위해서 힘이 필요하다. 어떤 힘을 말하는 것일까? 그 안일하고 익숙한 흐름을 역행할 힘과 용기. 이미 익숙해져 있으므로 새로운 자극을 주기란 힘들고 어색하다. 실제로 내가 하던 일이 아닌 다른 곳에 출장을 갔을 때 몇 배 더 피곤한 이유도 익숙함에 벗어나 새로운 환경에서 뇌의 운동이 더 활발해졌기 때문일 것이다. 일탈 즉, 익숙한 것에서 벗어남의 유익은 새로운 자극이 될 수 있다. 그리고 더 본질적인 유익은 일반적인 시야에서 벗어나 나를 새롭게 통찰할 수 있는 기회의 확보. 인식하지 못했던 것을 인식하여 무뎌진 내 안에 감각을 일깨우며 감정의 상태를 느낄 수 있게 되는 것. 새롭게 인식하게 되는 것. 이것은 내가 롱런할 수 있는 기반을 주는 아주 소중한 시간.

🌼 힘든 그 사람

어느 일터에 가거나 나를 미치게 힘들게 하는 존재들이 꼭 있다. 항상 존재하는 부류. 사실 이것은 사회생활뿐만 아니라 대학생 때도, 중·고등학생 때도 같은 반에 꼭 존재하는 것 같아 보인다. 내가 좋아하는 연예인, 대통령도 평균 80%는 그들을 좋아한다. 반면 20% 정도 반대편에 서는 이들이 꼭 있다. 돈이 있으면 당연히 빚도 있는 것처럼 좋은 사람이 주위에 있다면, 나를 힘들게 하는 사람도 꼭 있다고 당연하고 편하게 생각하기.

🌼 존재로 바라보는 진짜 나

자기 직면! 나의 내면을 돌아보고, 나의 상태에 나의 연약함을 마주할 힘과 용기가 있는지. 내 앞의 상황에 대한 인식과 반응!! 그 인식과 반응은 나의 내면세계 질서에 있다. 자기 직면이 그것을 가능하게 해 준다. 나를 직면하여 나를 알면 나의 정체성이 보이고, 내 것과 영향받은 것의 구분이 가능해지면서 힘이 생긴다. 내 생각과 나의 내면에 힘이 있으면 상황에 대한 왜곡과 타인의 인정이나 비난에 출렁이지 않을 수 있다. 내면에 힘이 없다면 상황의 변화나 타인의 말, 내 생각에 잠겨 출렁일 때가 많을 것 같다. 상황에, 내 생각에, 타인의 말에 방해받거나, 영향받지 않는 삶을 위해 애쓰자. 만약 자기 직면이 되지 않았다면, 어느 직장에서 일하든, 누구를 만나든 계속 내 마음이 출렁인다.

✸ 누가 당신에게 새벽 6시 일어나서 출근 준비를 하라고 했는가?

하루 8~9시간 스트레스 받으며 일해야 하는 것, 나랑 맞지 않는 회사도 끝까지 버텨야 하는 것, 한 회사를 몇 년씩은 다녀야 경력으로 인정되는 것, 회사에 다니면서도 끊임없이 자기 계발을 해줘야 하는 것, 나이가 30~40대면 취업하기 어려운 것, 이런 생각들은 우리들을 더 주눅 들게 했다. 사실이라기보다 세상이 말하는 어떤 특정의 기류들인데 우리에게는 적지 않게 그 영향을 주어, 우리를 졸보로 만들기도 하는 것 같다.

나의 하루 시스템과 자기관리만 잘되면 위의 생각에 눌려 노예의 입장으로 살지 않아도 된다. 하루 7시간 수면, 삼시

세끼, 스트레스 안 받고 여유 있는 삶, 적은 금액이라도 저축하여 현재를 잘 조절하며, 미래에 작은 소망을 안고 불안감을 내려놓고 안정감을 느끼고 사는 삶. 그렇게 살려면 어떻게 틀을 세워야 할까?

치킨 쓰레기 비유

누구나 치킨을 시키고, 그 치킨을 먹는 것은 좋아한다. 하지만 치킨을 먹고 난 뒤 음식물 쓰레기를 치우기 어려워한다. 내가 그 음식물 쓰레기를 치우지 않는다면 어떻게 될까? 며칠이 지나면 벌레가 꼬이고, 그 벌레들은 방 이곳저곳에 퍼질 것이다. 내가 치우지 않으면 누군가 해야 한다. 돈을 번다는 것은 이런 것과 같다. 내가 하기 싫지만 해야 하는 것, 가정이 돌아가고 생계가 유지되기 위해서 꼭 해야 하는 것, 내가 그것을 책임지지 않으면 남을 고생시키는 것.

나와 돈

돈에 영향받지 않는다는 것은 무엇일까? 돈을 벌지 않는 것일까? 자본주의에서 벗어나는 것일까? 자본주의에서 벗어난다고 해도 먹고 살 걱정과 살아갈 걱정은 여전히 우리 앞에 존재할 것이다. 돈을 너무 많이 벌어서 돈을 잃을까 봐 걱정함도, 돈이 너무 없어서 돈이 생길 궁리를 하는 생각도 둘 다 돈에 영향 받는 것이다. 우리가 살아가는 데 필요한 것들을 사는 수단인 돈의 영향을 받지 않으려면, 내가 할 것들을 과도하지 않게 성실히 해내는 것. 그것이 책임감이고, 그것이 자본주의에서 나로 살아가는 것 아닐까?

🌱 나는 왜 날마다 뛸까?

출근길 전철역, 미리 먼저 뛰면서 가면 숨이 가쁘지만 안전하게 도착하고, 가는 길에 마음이 편하다.

반대로 서두르지 않고, 천천히 준비해서 나가면 전철을 놓치게 되고 땀이 흐르기 시작한다.

약속한 상대에게 늦었다고 사과를 해야 하고, 변명이나 아쉬운 소리를 해야 하고, 가면서도 뛰느라 조급하고 가는 내내 불편하다. 다음에는 이러지 말아야지 다짐한다.

하지만 다른 장소, 다른 상황에서도 나는 늘 뛴다. 숨이 턱턱 막히고, 이동하기 너무 힘들다. 이것이 나의 삶에서 자주

일어난다면, 나는 게으른 사람이라는 것을 인정해야 할까?

게으른 부분이 있는 게 맞다. 인정해야만 변화가 있고, 성숙과 성장이 있다. 게으른 사람은 날마다 나 자신이 힘들다.

그리고 관계에서 상대방을 힘들게 할 수 있다. 게으르면 나도 힘들고, 상대방도 힘든 것이다. 허둥지둥 대는 사람은 게으른 사람이다. 늘 바빠 보이는 사람들, 결국 바쁘게 움직이지만 결국은 마이너스가 된다. 바쁘게 일하지만 일의 효율성과 자금의 안정성이 떨어진다.

개인은 영적으로, 육체적으로 메마르게 된다. 그 기저에는 불안이 있다. 불안이 뇌를 컨트롤 하고, 하나에 집중하지 못하고 이리 뛰고 저리 뛰게 만든다. 시간의 개념을 파괴하고, 한 가지 일을 잠잠히 지속적으로 하는 흐름을 파괴한다.

결국 함께하는 이들의 영혼도 혼탁하게 하고, 속한 조직도 균열이 갈 수 있다. 불안이 주는 존재적 불안이, 사람을 날뛰게 한다. 가만히 있으면 내 존재가 없는 것 같고, 숨이 막히기 때문에, 난 움직여야 한다는 거짓 메시지에 속아서 늘 움직여야 한다는 신념이 자신을 사로잡게 된다.

내가 잠잠하지 못한 이유가 무엇일까? 나는 언제부터 바빠야만 되었을까? 나의 불안의 지점은 어디일까?

닥치면 다 하게 되는 걸 아는데

하기 전까지 내 마음이 왜 이리 눌리고,

두렵고, 막막한지 모르겠다.

3.
주관적 안녕감

🌼 진짜 성공이 무엇일까?

내가 원하는 걸 성취하는 것? 나의 꿈은 내려놓고, 가족을 위해 일생을 바쳐 헌신하는 것? 아니면 생애에 이름 없이 빛도 없이 살다가 죽은 뒤에 내 묘비명을 보고 많은 사람이 찾아오고 많은 이들에게 귀감이 되는 그런 삶일까.

찰리 채플린의 유명한 말, "인생은 멀리서 보면 희극, 가까이에서 보면 비극"이 생각난다.

뭐, 그 반대의 말도 성립할 수 있지 않을까. 그 사람의 삶에 대한 Zoom in은 개인 말고는 모르는 것 같다. 오늘은 희극, 내일은 비극일 수도 있겠다. 어쩌면 그 반대일 수도.

진짜 성공이 정말 무엇일까? 어떻게 사는 게 성공한 삶일까? 나이가 더 들어 내가 90세, 100세가 되면 이 질문에 대한 대답을 지금보다 더 잘 할 수 있겠지.

☀ 삶의 보편적 상위가치

뒤에서 이야기를 다시 하겠지만, 우리는 모두가 행복하길 원하지만, 모두가 성공하길 원하지 않는다.
성공하고도 행복하지 않을 수 있으며, 실패하고도 행복할 수 있는 것 같다.
성공은 물질, 명예, 결혼 등 가시적이고, 성취적인 부분이 주로 사용된다. 반면 행복은 가시적이지 않은 경우가 많다.
세계적으로 행복한 사람들의 구성요소 중 겹치는 부분들을 조금 살펴본 적이 있다.

가족들이 있고 가족과 함께할 때, 건강함을 되찾을 때, 필요한 물질이 채워지고 물질의 보유량이 증가할 때, 사랑하는 사람과 사랑할 때, 사랑하는 사람을 위해 헌신할 때, 일용할 양식이 있을 때, 친밀한 사람과 식사를 할 때, 종교-예배할 때, 방해받지 않고 혼자 사색할 때, 내 주도적인 삶, 취미 여가활동, 스트레스 없는 삶, 노력 끝에 일을 마감 또는 성취,

운동, 용서할 때, 사랑할 때, 섬길 때, 맛있는 음식을 먹을 때, 충분한 수면을 취할 때, 내가 스스로 깨달음을 얻을 때, 강의를 듣고 공부할 때, 내가 성장할 때, 나의 잘못을 깨달을 때, 나의 약함을 인정할 때, 눈물을 흘릴 때, 감동을 받을 때, 샤워할 때, 나의 어떠함을 인정받을 때 등이었다.

행복은 그 어떤 하나로 정의되지 않는 것 같다. 그리고 행복의 척도와 정도도 사람마다 달랐다. 하지만 누구나 행복해지고 싶어 하는 욕구는 늘 존재하는 것 같다.

✽ 행복의 노력

내 삶의 행복할 수 있는 확률을 높이는 방법에 대해 생각해 본 적이 있다. 최근 들어 몰입이 행복감을 줄 수 있다는 여러 말이 나오고 있다. 하지만 몰입만으로는 행복의 상태에 머무르기 어렵다. 우리는 성공하려고 노력하고 에너지를 모은다. 하지만 행복을 위해서는 노력하고 에너지를 모으지 않는 경향이 있다. 성공은 가시적이고 어떻게 보면 확실한 공식이 있어 보인다. 행복은 상태이기 때문에 행복한 상태에 머무르기 위해서는 그 몇 가지 컨디션이 준비되어야만 행복

상태에 머무를 수 있는 것 같다.

성공해도 행복하지 않은 이유 중 하나는 외부적 조건을 달성해도, 내면의 상태에 따라 느끼는 정도가 다르기 때문이 아닐까?

10여 년간 수많은 사람과 깊은 대화와 코칭을 하며 행복의 노력이라는 게 존재할까? 그런 생각들을 해 보게 되었다.

🌸 나만의 행복 찾기

개인마다 다르겠지만 40여 년을 살면서 나에게 행복감을 주는 재료들을 계수해 본다.

나는 어디에 구속 되어 있는 걸 심하게 힘들어한다. 그래서 좀 남다른(?) 삶을 살아온 것 같고, 세상의 기준에서 볼 때 별 볼 일 없는 삶이 나의 삶이다. 나에게 행복감을 주는 것은 자유와 소중한 관계 이 두 가지 같다. 그 이유는 아무리 돈을 많이 줘도 자유가 없고, 사랑하는 사람이 없다면 내게는 행복한 삶이 아닌 것 같기 때문이다. **사람마다 어릴 적 결핍의 양상과 정도가 다르기 때문에 행복에 이르는 재료들이 다를 것이다.**

살면서 어느 정도 우리의 필요한 것을 기간을 정해서 세팅해 놓는 것도 작지만 행복한 상태를 유지할 수 있는 재료들인 것 같았다. 우리의 필요가 어느 정도 채워졌다면 우리의 더 큰 필요의 갈망을 찾아 움직이는 것이 아닌, 타인을 위한 거룩한 낭비(?), 흘려보냄과 같은 것들이 행복감을 주는 상당한 요소라는 것도 알게 되었다.

나의 내면의 상태가 건강하지 않으면 어떤 필요조건이 채워져도 충분하지 않다는 것도.

🎇 행복에 담긴 의미

행복한 상태에 이르기 위해서는 **주도적(내가 주도적이면, 힘들어도 버팀)이어야 하고 나의 하루에서 나의 필요를 채우고(나의 결핍들), 내게 주어진 것(하기 싫지만, 해야 할 책임이 있는 일)**을 해야 하는 것 같았다. 이 3가지의 균형이 나를 행복한 상태에 이르게 하는 것 같았다. "왜 이 3가지여야 할까?"라고 스스로 자문한 적이 많다. 몇 년간 자문 끝에 내린 결론은 인간은 그렇게 지어졌기 때문이라는 결론을 내린 적이 있다.

내 필요가 채워지고 나 스스로 하고 싶은 걸 했는데 뭔가 암울하고, 찝찝한 적이 되게 많았다. 내게 주어진 일을 하지 않았을 때 그런 느낌이 강하게 들었다. 너무 신기했다. 내가 원하는 걸 하고 내게 필요한 것들이 있는데, 뭔가 비어 있는 마음들이 느껴질 때 내적 방황이 온 적이 있었다.

인생이란 무엇일까? 행복이란 무엇일까? 대학 다닐 때부터 그런 생각을 정말 많이 했었는데 사람들을 관찰하고, 코칭하며 의문점들이 하나씩 풀려가기도 했다. 그 시간이 낭비의 시간으로 보일 수 있지만, 지금의 나에게는 의미가 있는 시간이었다.

☀ 행복은 상태를 지속하는 것

난 집에 왔을 때 상쾌함을 원했다. 그래서 매일 집에 오자마자 환복하고 샤워를 했다. 환복과 샤워, 양치까지 걸린 시간이 20분을 넘지 않았다. 그렇게 하고 아내와 이야기하고 싶고 쉬고 싶은 마음도 있으나 말씀 묵상하고 QT 형식으로 아내와 함께 가정예배를 먼저 드렸다. 일을 늦게 마치고 오게 되면 사실 집에 오자마자 샤워를 하고 가정예배를 드리는 것이 안 될 때가 많다. 잘 안되지만 습관이 될 때까지 시도하려고 한다.

 평일은 여러 가지 일들로, 해야 할 것들로 내 주체적인 삶을 살아내기가 어렵다. 하지만 평일에 1시간은 꼭 자기를 위한 시간을 써야 한다. 강의를 듣든지, 사색을 하든지, 독서를 하든지, 게임을 하든지, 혼자 또는 친구들과 커피를 마시든지, 운동을 한다든지, 본인의 미래를 구상하는 프로젝트를 준비한다든지 어느 것이든 괜찮다. 내 앞에 공부, 내 앞에 업무 외에 순수 나 자신을 사랑해서 나를 위한 시간들을 써야 된다는 말이 되겠다. 이렇게 했을 때 내 삶을 주체적으로 사는 느낌이 들면서 종된 느낌에서, 끌려다니는 느낌에서, 일하는 기계 같다는 느낌에서 벗어날 수 있기에 꼭 추천한다.

 나를 위해 시간을 쓴다는 것은 반드시 그 시간을 나 혼자 보내야 하는 것은 아니다. 주말에는 혼자 보낼 수도 있고, 가족 또는 친구들과 그 시간을 보낼 수 있다. 혼자만의 시간을 갖는 것도 주일에 2시간 정도 갖게 되면 내 삶이 더 풍성해지는 것을 느낀다. 난 책을 읽거나 강의를 듣기도 하고, 정말 내게 감명을 주는 음악을 들으며 글을 쓴다. 일에 대한 몰입도를 높일 때에도, 월, 화, 수, 목, 금, 토 주 6일이 내겐 평일이 된다. 평일 하루 한 시간은 자기를 위한 시간, 주일에는 당장 수입이 되는 현장의 일을 하지 않음으로 내가 조화롭고 행복한 삶을 영위할 수 있다.

🌼 돈 돈 돈, 돈이 왔어요

우리가 3개월 프로젝트를 했을 때 분명히 돈에 대한 감각이 생기고, 수익구조 파악이 어느 정도 될 것이다. 빠른 사람들은 벌써 수익 발생에 대한 성과가 나왔을 수도 있다.

3개월 후 내게 돈이 들어왔을 때 나는 자본주의의 노예가되지 않는 것이고, 나를 통찰해 가며 욕망이나 세속에 물들지 않는 의연함이 필요하다. 주말에 90분, 혼자만의 시간을 반드시 갖도록 해 보자. 혼자 책을 읽거나 강의를 듣거나, 말씀을 보거나, 글을 쓰거나, 계획이나 생각 정리를 해 보자. 내가 가고 있는 방향에 대해서 점검하고 내 사업이 지금 흐름에도, 앞으로의 변화에도 계속되겠느냐는 생각도 좋다. 나자신을 반드시 통찰해 가야 한다. 이런 통찰을 하기에는 장소가 필요하다. 어디가 좋을까? 집이 분위기가 된다면 음악을 틀어놓고 그렇게 해 보자. 그럴 상황이 아니라면 근처 카페나 도서관도 좋은 방법이 될 것이다.

 학습하고 생각하고 정리되지 않으면 탐욕의 노예가 될 수 있다. 필요 이상으로 일에 중독되거나 돈에 대한 탐심에 균형 잃은 행동들을 할 수 있고, 그것은 일중독으로 이어져 소중한 것들에 대한 스크래치를 발생시키기도 한다.

🌼 소소함

 개인 역량 향상에 집중하면서 드는 생각은 내가 역량을 키운 다음에 가족, 친척들에게 식사나 선물을 베풀고, 나의 사는 모습으로 내 삶을 증명하고 싶은 마음이 들기도 한다. 하지만 이런 접근은 틀린 접근 같아 보인다. 외로운 도전이며, 달성도 어려울 뿐만 아니라, 달성된다고 해도 그것은 기쁨을 나누기보다 보여 주기의 시선 처리밖에 되지 않아 보일 때가 있다.
 달성보다 달성하고자 하는 목적에 집중하는 것을 잊어버리지 말자 우리.
 결국, 우리는 나 혼자만 무엇을 이루기 위해서 도전하는 게 아니기에.

🎇 행복, 그게 뭐야?

행복은 멀리 있을까? 가까이 있을까? 존재는 하는 것일까? 허상 아닐까? 우리나라 중산층의 정의는 가정 단위 수입이 얼마 이상인 사람을 중산층으로 구분한다고 한다. 하지만 유럽의 경우, 중산층일 때 일주일에 몇 번의 가족 단위 식사 등으로 중산층을 구분하는 국가를 강의에서 본 적이 있다.

우리는 안다. 월 얼마 버는 것은 최소한으로 버티는 것이지 우리는 그 버는 과정과 결과로 행복을 이룰 수 없다고. 행복은 성취되는 것이 아니라 상태로 다가오고 느끼는 감이라는 것도 우리는 대부분 알고 있다. 그 행복은 물질이나 성취에 있지 않고 내가 스스로 느끼는 흐름 그 자체라는 사실도. 보통 내가 용납받고, 이해받고, 사랑받았을 때 그 부분이 많이 오는데, 대부분은 가족들이나 연인들 같이 정말 가까운 사람들과 함께 나눌 때 그 성취가 행복감으로 바뀌는 경우가 많다.

내가 가족 없이 스스로 성공했다면 어떨까? 내가 성공했는데 내 주변에 친한 친구들과 그것을 함께할 수 있는 소중한

동료들이 없다면? 더 나아가 무인도에서 나 혼자 억만장자
의 돈을 가졌다면? 성공이란 행복을 느낄 수 있게 하는 도구
가 되는 것 같다. 하지만 행복감은 성공에서 끌어당기지 않
는다. 성공은 욕망에서 끌어당기는 게 아닐까? 행복과 욕망
사이에서 교집합의 요소는 과연 무엇일까? 욕망의 여집합이
행복이 아닐까? 욕망에서 자유로우면 자유로울수록 나의 행
복감은 더하게 되는 게 아닐까?

🌼 인생에서 잊으면 안 될 3가지

내가 믿는 존재는 누구인가?
평생 함께 할 배우자를 만나는 것.
어떤 목적을 갖고 어떤 일을 하는가?

🌼 행복 vs 성공: 나의 결핍의 호소

앞에서 이야기한 것 처럼 사람은 모두 행복을 원하지만,
모두 성공을 원하지 않는다. 행복을 모두가 원하는데 색깔이
다른 것이다. 성공은 색깔 이전에 스케치 자체를 원하지 않
는 이들이 있다는 것이다. 그렇기 때문에 나의 성공에 대한

경험과 확신을 누구에게나 기준 삼으면 위험해질 수 있다. 나의 확신과 나의 신념은 늘 오류 가능성이 있다.

그렇기 때문에 확신에 찬 리더십을 강하게 어필하면 힘들어진다. A씨는 팀장으로 팀원 10명이 있었다. 팀원 중 2명이 A의 신념에 활기차게 반응해 주고 팔로우가 되었다. 어떻게 하면 A씨처럼 될 수 있는 거냐며 늘 A에게 와서 질문하고 연락을 자주 한다. 그래서 A는 더 신이 나서 자신의 이야기를 적고 있는 그들을 향해 피 튀기며 이야기해 준다. 나머지 8명은 겉으로는 따라가는 것 같지만, 뒤로 지쳐 멀어지게 된다. A씨 이야기를 적으며 듣는 그들의 속마음도 겉모습과 같을까?

일에 대해서도 일과 관련된 이야기들, 영업과 매출에 관한 아이디어나 전략을 탑·다운으로 가지 않고, 신입의 이야기를 들을 수 있는가?

🎇 블루오션 vs 세상을 살리는 일

15~20년 전에 공인중개사는 정말 핫한 직업이었던 것을

기억한다. 2000년 초반, 정말 학원가도 뜨거웠다. 거리에는 교회 다음으로 많은 공인중개사 사무실을 보며 그 인기를 실감하게 되었다. 그 이후 2010년이 넘어가면서 사회복지 재가센터, 요양원이 눈에 띄게 많아졌고, 지금까지 그 명맥을 유지해 오고 있다.

개인적으로 사회복지사 자격증을 준비하면서도 사회복지에 대한 구체적인 생각이 없다가, 자격증을 받게 되면서 이 사회를 위해서 무엇을 할 수 있을지 생각해 보게 되었다. 일의 진행 자체가 사회적으로 도움이 필요한 사람들을 돌보고, 서비스가 이어질 수 있도록 직원들을 관리하고, 그것을 서류로 이어져서 행정처리 하는 일이었다. 내가 생각하는 블루오션이라는 것은 시대의 흐름에 따라 지역에 따라 개인의 특성에 따라 상대적인 것 같다.

세상을 살리는 일이라는 것은 마음가짐과 일의 업종에서 그것이 결정되는 것들을 보게 된다. 내가 새로운 일을 선택한다면, 세속적으로 블루오션이 아닌 이 일을 통하여 내가 세상을 어떻게 살릴 수 있는가를 먼저 고려해 보는 것은 어떨까? **일은 직업의 종류보다, 그 직업 안에서 내가 하게**

되는 업무가 나의 기질과 매칭이 되는가를 보는 것이 중요한 것 같다. 그럴 때 직업 선택의 폭도 넓어지고, 매칭 확률도 높아진다. 매칭이 되는가를 알려면 2달 이하로는 알기 어려운 것 같다.

직업적 접근 말고, 업무적 접근으로 내가 즐겁게 할 수 있는 것들을 통하여 이 세상에 좋은 영향력을 줄 수 있는 일들이 무엇이 있을까?

🎆 도전의 종착지

성취는 하나의 디딤돌과 같이 느껴진다. 디딤돌은 최종 종착지는 아닌 것 같다. 최종 종착지로 가는 과정 중 하나라고 표현하고 싶다. 왜 도전할까? 무엇이 나를 도전하게끔 하는 것일까? 도전의 목적은 자아실현 외에는 대부분 사랑하는 사람이라는 것을 잊을 때가 많은 것 같다. 내 사랑하는 사람은 결국 내 옆에 있는 사람인 것을 나는 안다. 내 애인이고 내 아내이고, 내 남편, 내 자녀가 그 도전의 종착지인 것을 안다.

사람은 어쩌면 사랑하는 사람을 위해 그렇게 도전하게끔
만들어진 것 같다. 정말 한 사람의 사랑과 용납과 인정과 신
뢰를 받으면, 많은 사람의 관심, 인정과 명예와 부가 필요할
까? 나를 지키는 것은 한 사람이다. 그것으로 나의 마음은
충분하다. 그 한 사람을 만나지 못했기 때문에 나는 누굴 만
나거나 무엇을 해도 여전히 공허했으며, 이리저리 헤매게 되
는 것을 왜 이전에는 몰랐는지.

일주일에 한 번씩 아무에게도 방해받지 않고,

눈치 보지 않는 그곳에 나를 데려가자.

나에게는 방해받지 않을 권리,

눈치 보지 않을 권리가 있으니까.

4.
전략적 실행

🌸 자기 직면과 몰입

자기 자신의 문제를 바라보는 것이 나 스스로 힘을 기르는 데 가장 핵심적인 작업이라고 생각한 적이 있다. 아직도 많은 사람이 자기 문제에 대해서 모르는 경우가 많다고 생각한다. 자기의 연약함과 연약함에 대한 뿌리들을 잘 살펴보고, 그 원인을 잘 파악하는 것은 셀프 코칭에 있어서 정말 꼭 필요한 과정인 것 같다.

어느 정도 자기 자신에 대해 직면했으면 이제 우리는 방향을 잡고 행하는 삶을 살아야 할 것이다. 우리는 보통 하고 싶은 것들이 있고, 그것에 따라 목표를 세우고 계획을 세운다.

그리고 어렵사리 새로운 일들을 시작한다. 하지만 이내 또 비슷한 문제에 봉착하고 만다. 어느 정도 자기 자신에 대해 잘 안다고 했지만, 필드로 나아가 당당하게 일하려고 했는데 속수무책인 경우도 많이 있다.

🌼 나의 발목을 잡고 있는 것

내 안의 두려움이나 걱정과 불안함이 내 삶을 설계하고 실행하는데 발목을 붙잡고 있다.

내 안에 여전히 두려움과 걱정들이 있는데, 이것을 다 다루고 치유할 때까지 우리는 멈춰 있을 수는 없다. 내 할 일을 하면서 내 내면을 돌아보고 직면하며 회복해 가는 과정을 밟아야 할지 모르겠다. 우리가 어떤 일을 진행할 때 세상이 말하는 대로, 회사가 말하는 대로의 틀 밖에서 생각해 보는 게 어떨까? 나의 내면이 완전히 정리되지 않은 상태에서 세상이 말하는 대로, 회사가 말하는 대로 따라가면 나의 내면이 더 다치는 경우가 많이 있는 것 같다.

🌱 이젠 전략적 삶으로

하루에 10시간 이상 일한다는 것은 어떻게 보면 어떤 회사들이 세워 놓은 기준이자 틀이 아닐까 싶다. 우리가 학습을 할 때도 어떤 맡겨진 프로젝트를 할 때도 한 달이 주어지면, 한 달을 다 쓰진 않는다. 전체적인 계획을 세우고 모니터를 하고, 자료를 모으고 아웃풋을 내는 것까지 늘어질 정도로 시간을 쓸 때가 있다.

나는 학업의 효율성, 업무의 효율성을 느꼈다. 효율성은 우리에게 수동적으로 끌려다니는 느낌에서 벗어나 내가 능동적으로 일을 해내도록 도와준다. 사실상 우리가 하루 사용할 수 있는 집중에너지는 한계가 있는데, 우리는 여러 가지 일들을 하며 하루 9~10시간을 학교에서, 학원에서, 회사에서, 도서관에서 보내는 게 일반적이다. 우리는 해야 할 일들을 세팅하여 효율적으로 끝내고 나머지 내가 하고 싶고, 의미 있는 일들에 시간을 보낼 때 내 삶의 느낌은 지금과 확연히 다를 것이다. 효율적 전략 즉 세분화 작업은 결과의 아웃풋도 좋을 뿐만 아니라, 내가 원하는 쪽으로 내가 좀 더 자유롭고 행복하게 일할 수 있도록 도움을 줄 것이다.

계획의 명확성에서 그 효율성을 좀 더 구체적이고 실제적으로 생각해 보면 어떨까? 왜 하루에 5~6시간 일하고 나머지를 내가 원하는 시간에 쓸 수 없는 걸까? 왜 우리는 수면시간과 이동시간과 식사시간 외에 남는 시간의 90%를 꼭 부담스러운 일을 마주하며 보내야만 할까?

효율적인 전략적 삶이 매일 내게 있다면 내 삶은 앞으로 어떻게 될까? 이제부터 당신 스스로 그 누구의 구속에서도 자유롭고, 그 누구의 도움도 받지 않고 이제부터 주체성 있는 삶을 살아갈 수 있도록 돕고 싶다.

하루 15분을 하루 전략을 짜는데 시간을 꼭 할애해 보는 걸 권장하고 싶다. 그 스케줄링은 일의 늘어짐으로 그동안 평일에는 꿈도 꾸지 못한 여러분이 정말 하고 싶은 독서와 운동과 충전의 시간을 주고, 가족들과 친구들과 함께하는 시간을 확보해 줄 수 있을 것이다. 그 시간을 누림으로 여러분은 일과 여가와 자기계발의 선순환을 맛보게 될 수도 있다. 그렇다면 효과를 보기 위해 하루 15분, 그 세팅의 시작점은 언제여야 할까? 이 글을 읽는 바로 오늘부터.

✳ 수면량

자도 자도 피곤했다. 안 되겠다 싶어서 개인적으로 수면센터에서 검진을 받은 후 수면기(양압기)를 착용하고 잠을 자는데, 하루하루가 정말 너무 달랐다. 도전하기에 앞서 나의 수면량은 양과 질이 제대로 가고 있는지 체크하자.

✳ 나에게 맞는 시간 쪼개기

하루의 시간을 분배하면서 일을 하는 것에 우선순위를 두게 될 때, 신기하게도 소소하게 남는 시간이 참 값지고 달콤한 것을 먼저 경험할 수 있을 것이다. 하지만 시간 우선순위를 '나는 8시간만 일하고 나머지는 나를 위해 써야지'라는 생각을 먼저 한다고 생각해 보자. 이 경우 일하는 8시간 이후 나를 위한 생산적이고 행복한 시간으로 만들어야 한다는 생각이 본능적으로 든다. 대부분 그 시간은 내가 예상한 만큼 사용되지 못한다. 하루를 잘 살리지 못한 게 되는 경우가 많아서, 나 자신이 침체되는 경우가 발생할 것이다.

워라밸에서 정말 중요한 것은 내 컨디션을 위해 내 컨디션을 살리는 일정을 짜야 한다. 내 스트레스가 반복되는 지점을 제거하는 일을 스스로 짜야 한다. 내가 해야 하는데 에너지가 많이 들고 숙제인 일부터 먼저 세팅해 놓으면 정말 좋다. 최소의 시간을 일하는 시간으로 짜고, 나머지는 옵션으로 하루 플랜을 짜면 옵션인 시간은 낭비되는 경우가 많다. 하루 그리고 일주일을 일하는 시간과 쉼의 시간으로 나누되, 일하는 시간의 볼륨을 최대로 짜 보자. 나는 주일에는 절대 일을 하지 않는 것으로 정하였다. 우선순위로 쉬는 시간을 확보해 놓았기 때문에 일이 증가해도 주일은 확보된다.

월요일은 상쾌하게 시작하게 하고 주말의 충분한 쉼은 한 주를 기쁨으로 시작할 원동력이 된다. 평일에는 어떠한가? 하루에 9시간 이상 일해야 한다고 그 누구도 말하지 않았다. 나는 서비스직 프리랜서이다. 내가 원하는 대로 일의 형태와 양을 세팅하고 조절할 수 있다. 나는 사실 코칭이 좋다. 그래서 사원 시절에는 하루에 7명 정도까지 볼륨을 크게 해서 일을 해 본 적도 있다. 일의 근육이 늘어나고 고객들을 크게 관리하는 안목이 생겼다. 지금은 난 하루에 3명 이상 넘어갔을 때 내가 관리가 제대로 안 되고 내 멘탈도 3명이 맥시멈인 걸 알았다.

일을 코칭으로 오직 하루 3명만 하겠다는 것이 아니라 다른 마케팅 쪽으로 움직여야겠다고 생각했다. 중요한 것을 깨달았다. 하루 실제적인 일을 5~6시간을 하고, 수익이 커지고 발전적인 일에 대한 투자시간을 8~9시간 정도 잡아야겠다고 생각했다. 당장 돈이 들어오는 일은 나에겐 하루 6시간 정도가 최대였고, 난 지금보다 더 발전적인 일을 하고 싶었기에 나머지 시간에는 코칭서적을 통한 마케팅, 강의할 수 있는 기반을 만들고 홍보를 조금씩 하는 데 하루 시간을 썼다.

만약 지금 처음 새로운 일을 시작했다면 3개월간은 하루에 2/3 정도를 일하는 데 사용해 보면 좋겠다. 2/3 시간이면 16시간인데, 이 중에 돈을 벌기 위해 실제로 움직이는 시간은 4시간일 수도 있고 8시간일 수 있다. 개인마다 컨디션과 기질과 목표성취 시기가 다르기 때문이다. 이동하는 시간과 식사하는 시간도 일과 연관되어 생각하는 걸 권장한다. 그렇게 비행기가 이륙할 때까지 업무에 집중하다 보면 맥락이 잡힐 것이다. 난 실제 돈 버는 일에 대해서는 4시간 정도 시간을 할애하고, 1~2시간은 집안 살림을 돕거나 아내 일을 도왔다. 나머지 9~10시간은 학습하고, 장기 프로젝트를 준비하고, 내게 도움이 되는 지인들을 만나는 일에 몰두했다.

3개월 도전이 주는 의미

3개월 도전이 주는 선물이 가시적이지 않아도 우리 내면의 성장이어도 괜찮다. 수많은 경험과 시행착오, 생각들은 그 순간은 모르지만 지나고 나면 그것은 내게 통찰을 주고 진보를 준 재료들이다. 셀프 리더십의 정말 중요한 것은 주체성이지만, 동시에 내 삶을 내가 주도하지 않는 유연함이 셀프 리더십의 최상위 덕목 중의 하나가 아닐까? 나는 나이기 때문이다. 나는 다른 사람이 아니다. 나는 나다. 가는 방법도, 도달하는 지점도, 나아갈 방향도, 속도도 다 다른 것이다. 세상이 말하는 논리는 몇몇 사람들이 만들어 놓은 세상 논리에 불과하다. 나를 위해 쓰는 시간에 남이란 존재하지 않는다.

세상의 논리, 타자의 논리를 소중하고 가치 있는 개개인에게, 나에게 대입하여 적용하지 마라. 내가 원하는 주말을 살아가면 된다. 주말에 만화를 보든, 게임을 보든, 캠핑을 가든, 영화를 보든, 가족과 함께 식사를 하든, 미술관에 가든, 교회에서 살든, 자전거를 타러 가든, 여행을 떠나든, 집에서 편히 자든, 세미나에 목숨 걸고 참석하든 모두가 소중하다. 평일에도 내가 원하는 일을 하며 100만 원을 벌든, 내가 하기 싫은 일을 하며 300만 원을 벌든, 내가 선택하자. 대신 그 일에 감사하자.

  3개월 셀프 리더십 도전 프로젝트를 시작하며 내가 30~40대라면 최소 4시간 이상 일하며 월 70만~120만 원의 수입을 발생시키면서 도전하자. 내가 하루에 만 원 정도 소비하여야 하고, 월세, 휴대폰, 관리비, 기타 세금, 카드대금, 교통비 등을 생각하면 70만~120만 원 정도의 파트타임 정도의 수익을 발생시키며 도전해야 함을 기억하자. 지금 바로 인터넷 알바 사이트에서 이번 주부터 할 수 있는 일을 검색하는 걸 추천한다. 지금 바로!! 생업을 위한 70만~120만 원의 일은 나의 미래와 발전의 색깔에 맞지 않아도 된다. 순수하게 돈을 벌기 위함이기에 돈을 줄 수 있는 일이면 되는 것 같다.

  3개월 프로젝트를 학업에 적용해도 똑같은 결과가 나온다. 나는 TFT와 같은 3개월 코칭을 진행하는 경우가 많은데 16시간 활용법으로 3개월에 눈에 띈 변화를 보고 있다. 모든 스케줄을 관리해 주며, 월~토에 미친 듯이 몰입하고, 자기주도적 계획을 세우고, 쉬며 묵상하는 시간을 넣어준다. 주일에는 학습을 멈추고 게임이나 자극적인 놀이 외에 나를 위한 쉼과 충전의 시간을 가진다. 3개월에 중간, 기말고사의 성적은 상상초월이다. 이미 3개월의 하드 트레이닝으로 피코치자는 자세와 태도와 성적이 극적으로 변화되어 있다.

🌸 전략적 실행

3~6개월간 내가 도전한다면 그 순간의 달성보다 지속적으로 달성할 수 있는 전략이 필요한 것 같다.

우리는 탄탄한 생각 가운데 일을 시작해야 함을 기억하면 좋겠다. 왜 그것들을 굳이 해야 하며, 그것이 내게 주는 의미와 필요가 무엇인지 생각하고 덤비면 좋을 것 같다. 그렇지 않으면 최선을 다해 달성한 후에 공허함에 당신은 짓눌려 일상과 균형이 깨어질지 모른다.

⸺⸺⸺⸺⸺⸺⸺⸺⸺⸺⸺⸺⸺⸺⸺

나는 왜 이 3개월의 도전을 하려고 하는가? 이 도전을 위해 치러야 할 것들은 무엇이고, 6개월 후에 난 어떤 모습을 기대하고 도전하는가?

⸺⸺⸺⸺⸺⸺⸺⸺⸺⸺⸺⸺⸺⸺⸺

🎇 나, 지금 도전하면 성공할 수 있을까?

실행하면 성취에 더 가깝게 가게 되는 것 같다. 그리고 성공으로 가기 위해서는 몇십 배의 실패와 시행착오를 반드시 겪어야 하는데, 실행을 하면서 실패와 시행착오의 누적이 많아진다. 실패와 시행착오의 총량이 더 빠르게 채워지기 때문에 성공 지점의 착지가 더 빨라지고 정확해지는 게 아닐까? 실행하며 자기 확신, 자기 신념도 깨지는 수확을 얻기도 한다. 준비한 뒤 미루지 말고 실행해야 하는 이유는 필드에서 자기 확신과 자기 신념이 깨지는 경우가 많기에, 그 경험을 빨리하는 것이 내 일을 펼치는 데 도움이 되기에 그렇게 말하는 것 같다.

성공의 궤도 안에 오를 수 있는 것은 도전자의 5% 미만이라고 흔히들 말한다. 그럼 그 5% 미만인 자는 누구일까? 수많은 도전자가 인내하고 실력을 누적하여 달성한 것임을 기억하면 좋을 것 같다. 슈퍼스타K, 쇼미더머니, 수능시험, 공무원시험, 취업시험 등에는 재수생들이 존재한다. 재수생의 특징은 포기하지 않고 도전한 것이며, 준비의 누적이 더 높은 존재들이다. 보통 중·고등학교에서, 입시에서 1등급

(4%)의 비율은 늘 존재한다. 그들의 존재는 남다르고, 사람들은 그들을 인정해 준다. 그들은 고입에서도, 대입에서도 선택지가 매우 넓다. 나는 지금 내가 도전하고자 하는 영역에서 4% 안에 드는 과정을 준비하고 있는가??

도전기간은 왜 6개월일까?

6개월 집중해야 하는 이유라면 한국에서는 1억이 먼저 필요한 부분이 매우 큰 것 같다. 집 문제가 해결되지 않고, 집을 얻으려면 1억 정도의 돈이 필요하더라. 월급을 받아서 1억을 모으려면 보통 한 달에 월급 외에 100만 원을 모으면 9~10년이 걸리고, 한 달에 월급 외에 200만 원을 모으면 5년 정도의 시간이 걸리더라.

이것도 아무 일 없이, 꼬박꼬박 급여가 나오는 직장에 다녀야 하고, 그 외에 기타 무슨 일이 없어야 한다는 조건하에 일인데 말이다. 살다 보면 무슨 일이든 생기고, 급한 일은 생기기 마련이고, 급여가 높은 기업에 5~10년을 버텨야 모을 수 있는 금액. 내가 지금 40세라면 50세까지 버텨야 내 통장에서 볼 수 있는 금액. 내가 6개월에 1억을 모을 수 있는 일이 무엇이 있을까?

그렇다면 2~3개월은 내게 맞고 내가 할 수 있는 일을 알아보고 준비하고 그 후에 6개월은 온전히 집중하면 좋을 것 같다. 1억을 모았을 때 서울 외에 작은 전셋집을 마련할 수 있기에, 내가 살아가는 데 큰 보탬이 된다. 이 금액이 없다면 월세로, 여러 각종 세금으로 급여가 지출되어, 통장에 잔고가 남아 있기 어렵더라. 1억을 모으기로 마음을 굳혔다면, 2~3개월 동안 내가 잘할 수 있는 일들이 무엇인가 상담을 받고 코칭을 받으면 어떨까?

그리고 그 영역이 정해졌으면 그 영역의 지인들을 찾아가 만나보고 어떻게 일을 하고 있는지 물어봐도 좋을 것 같다. 인터넷으로 알아보는 타입도 있는데, 난 그 분야의 내가 인정하는 사람을 찾아가 차 마시며 이야기할 때 얻는 통찰과 방법들이 내게 더 큰 도움이 되는 것 같았다.

🌠 도전을 시작하고 첫 번째로 할 것 – 코칭과 상담

강점이란 가만히 있어도 누가 시키지 않아도 저절로 그쪽으로 에너지와 방향이 가는 것이라고 들었던 것이 기억난다. 자발적으로 알아서 반복한다면, 흔적이 누적되어 색깔이 보이기 시작하지 않을까?

나의 강점을 발견하는 것, 그것을 토대로 내 진로를 코칭하는 것이 정말 중요한 첫 단추인 것 같다.

빌 게이츠의 영역별 코치가 10명 이상이라고 한다.

나도 회사 들어오기 전에 구청에서 10회 상담, 지인 소개로 카페에서 1회 코칭을 받은 것은 내 진로를 결정하는 데 큰 도움이 되었던 것이 기억난다. 때로 나는 나를 보지 못하는 것 같다. 때로 전문가는 나를 볼 때가 있다. 도전의 첫 번째 단추는 나의 진로를 코칭해 줄 수 있는 전문가를 만나는 것.

🌼 90만 원

파트타임이든, 아르바이트든 괜찮을 것 같다. 일을 도전하기 위해서 내가 싱글이라면 6개월간 한 달에 90만 원씩 받을 수 있는 일을 선택해야 할 때가 드디어 왔다. 너무 많이 벌면 그냥 그 일을 하다가 하루가 다 가기 때문에 도전하는 의미가 없어질 수 있다. 먹고 살기 위해 내가 싫지만 뛰어야 하는 너무 많지도 너무 적지도 않은 금액 90만 원. 그리고 도전을 이어갈 수 있는 매일의 5~6시간.

✺ 자기관리능력

하나. 하루에 업무와 가사 외에 나의 하루 가용시간 확보할 것.

– 이 부분에 대한 확보가 없으면 1년이 지나도 나의 삶은 지금과 달라지지 않을 수 있다.

둘. 긴급히 할 일, 힘들고 귀찮은 일 먼저 해 놓을 것.

– 하기 싫은 일, 해야 할 일을 먼저 해 놓았을 때 좋은 컨디션, 깨끗한 상태가 남는다.

셋. 말씀, 운동, 강의 듣기, 충분한 식사와 비타민 섭취 등 긴급하지 않지만 내게 꼭 필요한 영역 꼭 지킬 것.

– 밥시간을 줄이고, 기본적이고 중요한 것을 하지 않고 몰입하는 것은 컨디션 다운으로 돌아오고, 조만간 건강, 정서에 악영향을 받게 된다.

넷. 목표의 어느 정도 단계에 이르기 전까지 나의 취미, 친구, 모임 등은 유보할 것.

— 비유로 중간, 기말시험 기간 친구 만나지 않고, 시험을 마친 뒤에 친구들을 만나고, 놀기.

🌱 하루 만 원으로, 꿈을 찾아가는 방법

내가 정말 하고 싶은 게 있는데 다른 할 것들이 너무 많고 소속되어 있는 곳이 있어서 하지 못한다면 어떻게 해야 할까? 정말 도전하고 싶은데 멈추기엔, 방향을 바꾸기엔 용기가 나지 않는다. 여기서 나의 프로젝트 설정이 필요하다. 결론부터 소개하겠다. 바로 카페 프로젝트이다. 이것을 하기 위해서 선택적 용기가 필요하다. 아침을 일찍 먹고 무조건 집에서 나온다. 프로젝트를 하려면 인터넷과 노트북 사용을 하기에 도서관보다는 노트북과 휴대폰 충전이 가능하고 가끔 자유롭게 통화를 할 수 있는 대형카페를 추천한다. 그리고 오전 일찍 스타벅스 등의 크고, 의자가 편한 카페를 추천한다. 가격도 합리적이고 효과와 느낌도 좋은 3,000원대 커피를 시키고 노트북을 켜고 일을 시작한다. 카페이기 때문에 업체와의 통화도 자유롭다.

그리고 20분간 '50분 프로젝트' 준비 10분 휴식 단위로 하루를 쪼갠다. 쪼개지 않으면 일에 대한 능률성이 현저히 떨어진다. 항간에는 그렇게 형식적으로 시간을 나누면 깊이나 퀄리티가 떨어진다고 이야기할지 모르겠다. 하지만 깊이와 퀄리티는 시간을 나눈다고 떨어지지 않는다. 그에 비해 나의 생산성과 효율성이 엄청 높게 나타나고 탄력성 있는 시간 운용이라는 것을 보게 될 것이다.

타인이 아닌 내 스스로 나를 운영해 가기 위해선 타임테이블의 가시화는 반드시 필요한 것이다. 내가 이렇게 루틴하게 2~3달을 했을 때 조금씩 성과는 나타나기 시작한다. 일주일 했는데 허리도 아프고 능률도 없다고 포기하는 것 까지는 누구나 갈 수 있다. 하지만 그 일주일을 넘기고 한 달까지 가면 이미 본인은 어떤 영역이든 간에 상위 10%이다. 그것을 두세 달 지속하면 상위 3~5%가 달성될 것이다. 문제는 그것을 동기부여가 멈추는 상황에서도 이끌어 갈 수 있는 내적인 힘이 내게 있는가이다.

점심은 7,000원대로 이용할 수 있는 김밥 집, 중화요리 요일할인, 편의점 백○○도시락, 이○토스트, ○브웨이 샌드위치, 케밥, 컵밥 등을 미리 알아두면 시간과 재정을 동시에 지키며 점심 한 끼를 해결할 수 있다. 여러 할인을 미리 알아봐 두거나 쿠폰을 받기 위해 인터넷 검색 시간을 할애하는 경우도 주위에서 보았지만 그것은 아무나 하는 것은 아니다. 시간과 에너지가 상당 들어가므로 추천하지 않는다.

12시 30분쯤 카페근처에서 7,000원대 식사를 하고 나면 1시 정도가 된다. 식사를 하거나 화장실에 갈 경우에는 노트북이나 주요 자료는 들고 다니는 경우가 좋다. 양질의 카페 화장실에서 양치를 하고 다시 오후, 나만의 프로젝트 시간을 맞이한다. 카페에서 자리는 오전에 정한 자리로 저녁시간까지 가기 때문에 코드를 꼽을 수 있는 안정된 자리로(햇빛이 강하게 비추지 않는) 선택하여 앉는 것이 필요하겠다.

커피는 풍미가 있고 진할 수 있기에 오전에 1/3, 점심식사 후 1/3, 3시 이후 1/3로 나눠 마신다. 오전에 에너지가 있기 때문에 점심시간 전에 약간 버거운 프로젝트 하나를 완성하는 게 좋다. 2~3시 경에는 풀벌레소리나 계곡소리를 들으며 약 20여 분 정도 카페에서 멍 때리며 조는 것을 추천한다. 점심을 많이 먹지 않았기 때문에 위가 가벼워서 크게 졸

리진 않을 것이다. 정신이 좀 가신 후에 커피 한 모금을 마신 후 다시 나머지 4시간 정도를 집중한다. 저녁 7시 정도까지 카페에서의 프로젝트를 끝내고 집에 가서 저녁 식사를 하고 샤워한 후에 집에서 개인적으로 프로젝트 외에 1시간 정도는 내가 꼭 해야 할 일들을 진행한다.

그리고 나머지 3시간을 프로젝트에 에너지를 쏟고 12시 전에 자는 것이 중요하다. 충분한 수면은 일을 지속하는 데 정말 필요한 1순위이기 때문이다. 그 뒤에 6시에 기상하여 9시까지 아침식사, 운동, 샤워, 집안일, 독서, 개인 업무 등을 진행한다. 9~10시 정도에 카페로 나선다. 그럼 내가 프로젝트를 위해 하루 투자하는 시간은 10시에서 19시까지(점심시간, 휴식시간 제외하면) 카페에서 8시간이 확보되고, 집에서 저녁식사 후에 3시간이 확보된다. 즉, 하루 11시간 프로젝트에 집중할 수 있다. 이 프로젝트는 취업을 준비하거나, 사업을 구상하거나, 프로젝트를 준비할 때 가능하고 수개월을 유지할 때 영양불균형, 허리통증, 두통, 호흡기 건조 등의 증상이 있을 수 있다.

딱 30일에서 60일 정도 프로젝트일 때만 이 시스템을 이용할 것을 권한다. 비용은 커피+점심식사+프로젝트 준비 하루에 만 원 정도이며, 한 달(30일) 프로젝트 비용은 30만 원이다. 이 기간엔 지인, 친구 만남은 내려놓고 오직 프로젝트에만 집중해야 의미가 있다. 딱 한 달만 드래곤볼 시간의 방에 와 있다고 생각해 보면 좋겠다. 기존에 내가 하던 스케줄대로는 내가 하고자 하는 일을 할 수 없다.

한 달, 불안과 두려움을 뚫고 갈 의지가 내게 있는가?

그렇게 한 달을 집중할 수 있는가? 그럼 주저하지 말고 여러 생각 말고 바로 내일부터 당장 시작해 보는 것은 어떨까?

🌻 두세 달 안에 월 고정 급여 300만~400만 원을 버는 방법

내가 했던 일 중에서 그 영역을 다시 한 번 도전하고 그것을 최대치로 끌어올린다. 도전을 두 달 했는데, 조짐이 안 보이면, 아무 일이든 일단 사이드 잡으로 최대 300만~400만 원 정도 벌 수 있는 탄력적인 일을 시작하자. 이렇게 나의 일

근육을 300만 원 이상 벌 수 있는 몸으로 만들어 놓은 다음에, 월 고정급을 줄이고, 그 수개월 기간 동안 내가 정말 하고 싶은 일, 그리고 내 파이를 더 성장할 수 있는 일에 도전해 보자. 도전기한은 3~4개월로!

🌸 메모를 해야 하는 영역

해야 하는데 하기 싫은 것을 적어야 할 것이다. 왜냐하면 하기 싫지만 해야 하기에 그렇다.

전날 저녁에 다음날 하기 싫은데 해야 할 것들을 나열하여 적는다. 통화해야 하는 것. 자료를 보내야 할 것. 부담되는 것. 세금을 내야 하는 것. 빨래나 음식물 쓰레기, 쓰레기 분리수거 등이 그것이다.

🌸 학습 코칭

국 · 영 · 수 대입 입시가 아무리 어려워도, 내가 고교생이든 재수생이든 그 이상 N수생들의 수능 한 과목을 3개월(하루 2~3시간)을 해 본 후 모의고사를 봤을 때 내가 4, 5, 6등급이라면 3등급 이상을 경험할 것이다. 그것에 3개월을 더

하면 2등급 이상을 경험할 것이다. 공부는 매출과 비슷한 것 같다. 숫자로 이야기하고 숫자로 답한다. 하루에 국어 2~3시간, 영어 2~3시간, 수학 2~3시간이면 3개월, 6개월 후에 등급 변화를 경험할 것이다. 내신도 마찬가지다. 이런 식으로 국·영·수를 꾸준히 준비하면 바로 다가올 중간고사에 1~2등급 상승, 다음 기말고사에서는 1~2등급 상승하여 전교 2~3등급의 성적으로 나를 이동시켜 줄 것이다.(국·영·수 외에 암기과목은 시험 전 2주간 빡세게 공부)

단, 나를 코칭해 줄 수 있는 입시코디가 필요하다. 그 코디의 할 일은 스케줄 관리가 대부분이다. 코디의 유무가 6개월에 2등급의 아웃풋을 내는 데 결정적이다. 지식적인 부족은 EBS를 이용하면 될 것이다. 대학 갈 의지가 있다면 누구나 가능하다.

공무원 시험도 마찬가지이다. 주요 3과목을 3개월, 6개월 단위로 하루(과목당 4시간 정도씩) 진행해 보라. 3개월에 모의고사를 보고 6개월 후에 모의고사를 보면 결과를 느낄 것이다. 이때도 입시코디를 고용하여 타임스케줄 관리를 꼭 부탁하라. 수업이 부족해서가 아니다. 자기 학습량의 시간 부족이다. 기한을 걸고 도전하지 않으면 실패를 계획하게 될 수도 있다.

중요한 것은 숫자이다. 마감 숫자, 진행 숫자—하루 몇 시간인지. 시험공부와 평생교육은 다르다. 시험을 위한 공부는 단기간에 집중력 있게 하고 빠지는 것이다. 시험공부를 질질 끌지 않았으면 좋겠다. 나는 지금 해야 할 공부를 위해 하루 몇 시간씩 할애하고 있는가?

오늘 바로 3개월 후 나의 구체적 목표, 6개월 목표는 무엇인지 바로 나의 과목별 성취목표와 그것을 위한 실행전략을 종이에 써보자. 성인이라면 영어 또는 자격증 시험 등의 기한 목표를 정하고 그에 따른 실행전략을 종이에 써서 냉장고에 부착한 뒤 친한 지인들에게 사진으로 보내 보자. 미루지 말고 바로 지금!

✺ 결과다운 결과를 내기 위해서

영어 공부, 일본어 공부, 한국사 자격증, 컴활 2급 자격증,

토익스피킹, 공인중개사 국가자격증, 독서지도자 민간자격증, 직업상담사 2급, 한자 3급 자격증, 영상 올리기 활동, 블로그 활동, 1인 사업구상, 어플리케이션 개발, 온라인 사업, 책 출간, 현금 1,000만 원 모으기, 서유럽 배낭여행 가기, 10kg 다이어트, 내 몸매 만들기, 영어회화 마스터, 책 30권 읽기, 한식 요리자격증…… 자기 자신을 스스로 어필해야 되는 이 시대에 위의 활동은 내게 최소로 필요한 것들이다.

여러 가지를 1년, 2년 진행하는데 제대로 내가 된 게 없는 것 같은 느낌이다. 사실 이것들을 다 하려고 한다면, 직장을 다니지 않아도 힘든 분량이다.

욕심 부리지 말라는 것이 아니라 6개월에 1개, 또는 1년에 1개를 해야 결과다운 결과를 낼 수 있게 될 것이다. 공부나 건강관리는 동시에 할 수 있다. 하지만 프로젝트나 자격증 같은 경우에는 반년 또는 일 년에 1개씩 도전하는 게 유익할 것 같다.

🌼 탑 베스트

탑 베스트가 되기 위한 3가지 필요조건.

하나, 내가 정한 분야의 관련 책 25권을 읽고(한 달에 2권) 정리하기, 그리고 매일 실행력을 지속할 수 있는 영상을 보며 결심한 부분 다지기. 같은 분야의 책을 20~25권을 읽었을 때 그 분야에 아는 것은 전문가 수준이 될 수 있다. 단, 읽다가 아닌 것 같은 책은 빠르게 덮는 것도 나쁘지 않다.

둘, 해당 분야 베스트 멤버(가까운 지인 5명, 존경할 만한 인물 2명)—예를 들면, 본인 같은 경우에는 김창옥, 유기성 두 명의 강의를 매일 듣는다. 그리고 내 지인 중 탁월한, 내가 직접 만날 수 있는 분을 찾아가서 내게 필요한 부분을 메모하며 적는다. 여기서 주의해야 할 점은 지인의 모든 부분을 벤치마킹해서는 안 되고, 그 사람만의 탁월한 부분 1~2가지만 벤치마킹할 것.

셋, 전국 8도 단위 키맨을 세워 업무적으로 지속적 소통 이어 가기.

내가 하기 싫은 것을 하는 이유는 어쩌면

내가 하고 싶은 것을

하기 위해서가 아닐까?

문턱을 넘을 때, 언제나 수레가 덜컹거린다.

문턱을 넘기 전엔 누구나 망설여진다.

영적
감성

"우리는 실제보다 상상에 의해
더 많은 고통을 받는다."

– Seneca

자매, 형제들의 영적 감성을 들여다본다.

나는 분명 그분의 자녀인데, 내 삶은 왜 이렇게 힘들기만 한지 모르겠다.

사람은 영적인 부분이 내 생각과 삶을 지배한다. 영적인 부분을 이해하지 않으면, 생각이 우리를 지배하는 대로 사는 경우가 많은 것 같다. 많은 사람들이 상황보다는 그 생각에 힘들어하고 있고, 고통 받고 있는 것을 보았다. 사는 게 사는 게 아니고, 내 삶이 지금 너무 고통스러울 때 우리는 제일 먼저 나의 영적인 부분을 보자. 생각보다 문제가 빠르게 해결 될 수도 있다.

1.
리워야단

🌼 그들의 공격 방식

지호는 아침식사를 하고 출근을 했다. 출근 후 커피 한잔 하고, 회의를 하고, 자리에 앉아 업무를 시작하려고 한다. 갑자기 기분이 가라앉고 , 얼마 전 일이 아주 기분 나쁘게 해석 되면서, 마음이 부글부글 끓기 시작한다.

나의 평안을 사단에게 자주 내어 주게 되는 것 같다.

영적 세계에서 사단은 투명 인간과 같아 보인다. 우리를 끊임없이 공격하는, 그 사단을 우리 힘으로는 이길 수 있을까. 아마 힘들 것 같다. 사단은 공격할 때 어떤 방법을 쓸까. 내가 약하다고 생각하는 곳에 생각을 심는 방법이 주특기 같다.

끊임없이 생각이 나를 끌어내린다. 사단은 우리를 연속적으로 흔든다. 나를 생각의 늪으로 빠지게 만든다. 사단은 상황 자체를 공격하는 것 같지만, 사단은 대부분 상황이 아닌 우리의 생각을, 우리의 마음을 공격하는 것을 기억하자. 사단은 실제상황이 아닌 우리의 생각을 조종한다는 것을.

✾ 왜 사람마다 상처받는 영역이 다른 것일까?

상대방의 공격, 비난에 무조건 상처받지 않는 걸 본다. 우리의 연약한 부분이 자극이 된다. 회사 동료가 나에게 강한 어조로 이야기했다고 해 보자. 그 강한 어조에 나는 저 사람이 나를 좋아하지 않기 때문에 저렇게 말한다고 생각한다. 상대방의 반응에 내식대로 생각하는 것이다. 사람들의 강한 어조는 나의 낮은 자존감의 그 영역을 건드리게 된다. 사람들이 상처를 받는 것은 단지 공격적인 말투나 강한 어조라기보다 그 말을 통해 나의 약한 부분이 자극이 되어 상처가 되는 경우가 많다.

정확히 말하면 약함이라기보다 내가 스스로 약하다고 생각하는 부분에 상처를 가져다 적용시키는 것 같다.

내 스스로 약하다고 생각하는 부분, 그 부분을 사단이 계속 파고들기 때문에, 나의 그 부분에 대한 스스로의 인식을 바꿀 필요가 있다.

생각이 제멋대로 흐르도록, 내 머리에 심기도록 내버려 두어서는 안 될 것이다.

사단은 우리를 속이는 생각을 우리의 연약한 영역에 씨를 뿌려놓고 도망가는 경우를 본다. 새가 우리 생각에 앉을 순 있어도 새둥지를 틀지 못하게 해야 되는데, 생각에 앉았을 때 우리는 바로 반응하는 경우가 많은 것 같다.

남녀가 식사 후 커피숍을 갔다. 커피숍에서 여자는 그냥 기분이 우울해져서 그 순간 냉랭하게 말을 했다. 그것에 남자는 개인적 거절(감)을 느끼고, 기분을 풀어 주려고 여러 시도를 하다가, 결국 짜증을 내며 카페에서 집에 따로 가게 되었다. 남자의 그런 연약한 영역에 자주 씨가 뿌려지기도 한다.

🌺 그들은 목 줄이 매여 있는 사나운 큰 개와 같다

지인분이 설교 중에 사단을 이와 같이 비유한 것이 기억이 난다. 그 큰 개가 나를 향해 짖는데 얼마나 두렵고 무서울까. 게다가 나는 그 앞을 지나가야 하는 상황이라고 하자. 그 순간 스스로 생각하자. 그 개는 무서운 존재가 맞지만 끈에 묶여 있다는 것을. 그 상황은 리얼이고, 나에게 두려움을 줄 수 있지만, 나를 실제로 어떻게 하진 못한다는 것을.

✺ 사실을 인식하지 못하게 하는 불안, 열등, 두려움

불안과 열등과 두려움은 원인이 있다. 어릴 적 부모로부터의 결핍이든 상처든 영향을 받았기에 생긴 감정들이다.

이런 영향을 입은 그 감정의 뿌리를 파고 또 파고 그럴 필요까진 없을 것 같다. 하지만 그 원인을 살펴볼 필요가 있고, 자기 문제인식이 꼭 필요하다.

나의 이런 감정과 이런 행동들의 원인을 찾고, 그 원인의 이어짐을 나와 분리하고, 끊어내는 작업이 반드시 필요하다. 믿음은 들음에서 나온다고 하지만, 나의 마음의 밭이 돌작밭, 가시밭 등이면 말씀이 믿음으로 인해 뿌려져도 변화되거나 회복되기 어렵기 때문이다. 나의 내면의 밭의 치유가 선행되어야 하는 이유이다.

이러한 감정의 치유는 내가 인식하고부터 2~3년 정도는 필요시간이 있어야 될 것 같다. 인식하면서부터 그 삶은 괴로워진다. 이 감정의 원인이 타인이 아닌 내게 있다는 것을 인정하고 그것을 바로 잡는 것까지의 과정은 고통 그 자체이다.

목표의 성취는 고통의 대가를 치르고 달성하는 모습을 본다. 내면의 문제는 보이지 않기 때문에 치열하게 하지 않는 경우가 있다. 목표의 성취와 같이 변화와 회복의 성취를 이루기 위해 치열한 과정을 두고 오늘부터 조금씩 나아가 보자.

🌼 리워야단

속이는 영, 거짓의 아비를 소개하고 싶다.

우리의 의식 속에 계속 거짓된 메시지의 주파수를 높인다.

사실을 사실로 듣지 못하게 한다. 사단의 영은 타인의 말을 그대로 듣지 못하게 한다.

단어에 꽂히거나, 상황을 부정적으로 해석해 버린다. 바로 거짓의 영, 사단의 전략임을 우리는 빠르게 알아차리고 분별해야 한다. 내 앞의 상황을 믿음의 눈으로 바라보지 못하게 하는 것을 넘어 사실대로 보지 못하게 한다. 같은 상황을 낙심과 두려움, 불안, 무기력, 의심, 복수감 등의 눈으로 바라보게 할 수 있다. 거짓말로 개인의 연약함과 상처에 후비고 들어와 마음을 힘들게 하여 사람을 넘어뜨리려는 사단의 전략! 계속 우리의 마음과 생각을 끌어내리고, 끊임없는 속임수로 우리를 스트레스 받게 하고, 미치게 만드는 사단의 전략.

일제강점기 일본이 1910년 무단통치, 1920년 문화통치, 1930년 민족말살정책을 펼치며 조선인들을 공격했던 일본인들의 전략처럼, 사단도 우리의 상황에 맞게 시대별로, 세대별로 맞춤식 고도의 전략으로 우리를 다스리려고 공격하는 것 같았다. 마치 진짜처럼 믿게 만드는 사단의 고도의 전략! 미리 알아두면 당하지 않고 도움이 된다. 그리고 그러한 생각들을 심고 도망가는 사단의 전략은 그분의 다시 오시기 전까지 더 활개치고 다닐 것이다.

그렇다면 나는 어떻게 해야 하는가. 아, 그것은 영적전쟁을 일으키고자 하는 사단의 움직임을 빠르게 파악하고, 그분의 이름으로 대적하는 것. 그분의 능력이 없어서 사단이 떠나지 않는 것이 아니라 사단의 권세가 아직 유효하여, 그분의 이름으로 대적해도 계속 영적인 공격을 멈추지 않는 것. 그 안에 우리 믿음과 자유의지를 동원해 날마다, 실시간으로 대적하고 말씀으로 무장하는 것이 영적 전쟁에서 날마다 승리하는 비결이 아닐까. 영적 전쟁은 이미 이긴 것이나, 그전까지 이긴 우리들의 마음을 계속 공격하는 사단에 우리가 공격은 받을 수 있으나 거기에 우리 영혼이 훼손되지 않도록 생각과 마음을 보혈로 잘 덮어야 함을 기억하자.

✹ 더 성실히, 더 열심히

지금 더 열심히, 더 성실히, 자기 근무시간보다 좀 더 일하면 사회에서 인정받는다. 정시 출근, 칼퇴근 하는 사람들을 볼 때 운영자들의 시선은 그리 곱지 않다. 필요 이상으로의 열심, 늘 바쁨, 사람들의 도움에 발 벗고 늘 나서는 사람. 이 시대 사단의 최고의 공격무기 중 하나가 사람들을 분주하게 만드는 것이다. 몸이 바쁘고, 정신없이 살게 만드는 것. 그렇게 될 때 그분에게 집중하지 못하게 된다. 또한 안식하지 못하게 한다. 그리고 내 자신에게 집중하지 못하고, 타인과 세상일에 집중하게 된다. 이것은 다람쥐 쳇바퀴 같아서, 이 굴

레에 들어오면 멈추기가 쉽지 않다. 더 빠르게 달릴수록, 내가 더 지치게 된다. 중요한 것은 이 분주함 속에 분별력을 상실한다는 것이다. 이것은 꼭 외부적인 분주함 외에도, 생각과 마음의 분주함도 포함이다. 그런 삶을 살아가는 사람은 본인은 몰라도 주변에서 느낀다. 뭐가 똥이고, 뭐가 된장인지 분별하지 못하는 상태에서 분주함 속에 젖어서, 그렇게 질주하는 말처럼 살아가는 내 모습이 있진 않은지 돌아보자. 그것은 자기 자신 뿐만 아니라 옆에 있는 가족이나 함께 일하는 직장 동료까지 분주함을 주어, 그들을 피해자로 만들어 버릴 수도 있다. 한마디로 나도 죽고, 상대방도 죽이는 행위인 것이다. 내 영혼을 불쌍히 여기고, 그 분주함에서 나오자. 잠잠하게 나의 영혼에 산소를 공급하고, 그 분주하게 만드는 요소를 직면하고, 붙잡혀 있는 내 영혼이 제대로 그 길을 갈수 있도록 스스로에게 말해 주자.

'그렇게 동분서주하며, 바쁘지 않아도 괜찮아, 내가 안 하면 안 될 것 같은 그 생각 내려놓아도 괜찮아.'

🌱 불안: 흔한 그 이름

불안은 불안을 만든다. 그 불안한 일이 아니더라도 다른 일을 불안요소로 삼아 불안의 느낌을 일으킨다. 불안한 사건들이 없으면 부정적 단어를 따서 부정적 시나리오를 만들어서 불안한 정서 상태를 느끼려고 한다. 불안이 익숙해서 불안을 느끼려고 하는 것 같기도 하다.

불안이 있는 사람은 그 일의 사건이 문제 되지 않는다.

불안의 원인은 사건이 문제가 아니라, 그 사건에 대한 자의적 해석이 문제가 된다.

나의 불안의 원인을 잘 보면 불안으로 얽힌 내면의 실타래를 풀 수 있다.

그 내면의 실타래가 풀리면 나는 불안의 원인을 상황으로 탓하지 않게 될 것 같다.

그 상황이나 사람이 불안한 게 아니라 내가 불안하여 그 상황을 통제하고 의심하고 집착하는 것. 내 안에 불안구조와 영적 흐름의 패턴을 이해하면 멀쩡한 타인에게 더 이상 흠집 내지 않게 된다. 그 상황이 더 이상 나를 불안하게 하지 않을 수 있다.

✳ 보혈 vs 사단

완전하고 영원하다는 그분의 말씀과 그 능력을 의지하였는데 우리 삶의 문제가 한 번에 변화되지 않는 것을 본다. 그럼 그분의 말씀은 일시적인가?

그분의 다시 오심에는 완전한 승리이지만 그전에는 사단한테 저렇게 무참하게 짓밟힐 수밖에 없는 것이 인간존재인가. 아니 아침에 말씀을 보고 평안을 얻고 나갔는데, 나가면서 마음이 무너지고, 걱정되고, 우울한 것은 또 뭐냐 말인가.

수련회 3박 4일 동안 그분의 은혜가 그렇게 깊고, 그분을 인격적으로 만났지만, 집에 가면서 내 마음이 무너지는 일들이 발생한다. 그 이유에 대해 무척 궁금했다. 그분의 완전한 통치는 인간의 자유의지라는 영역과 공존되며, 아직 불완전한 인간은 믿음의 상태에 따라 사단의 공격에 영향을 받는 정도가 다르기 때문일지도 모르겠다. **기분이 좀 가라앉고, 예민해지는 것을 영적인 부분으로만 해석하고, 단정 짓지 않았으면 좋겠다.** 내가 영적상태가 좋아도 수면부족, 영양부족, 스트레스가 있는 상태라면, 육체가 피로해서 예민해지고, 우울해질 수도 있다.

✳ 영분별

사단은 외부적 실재가 아닌 우리 생각으로, 마음으로 우리의 내면에 혼란을 준다. 그 정체성은 속이는 영! 우리를 속인다. 그래서 사실을 사실로 인식하지 못하게 하고, 틀어진 생각들, 꼬인 생각들로 우리의 평안함을 가로챈다. 평안함을 가로채고, 불신과 의심, 두려움과 불안, 침체들의 감정과 느낌의 씨앗을 뿌려놓고 지나간다. 그렇게 활용하는 루트를 분석해 보면, 어릴 적 상처나 결핍들을 통해 왜곡된 자아상을 계속 공격하는 경우가 많은 것 같다. 그 연약함에 함몰되도록. 감독들의 연출된 미디어의 노출을 통해 우리의 정체성, 우리의 생각들이 훼손되어 간다.

왜곡된 시선을 갖게 만드는 미디어를 잘 분별하며 시청해야 되는데, 쉽지 않을 것 같다. 많은 영상을 통해 물질의 탐욕을 불러일으킬 수 있다. 영상을 통해 남자의 경우 성에 대한 왜곡된 판타지 같은 경우가 생기고, 그것에 왜곡된 성에 대한 관념과 집착이 생길 수 있음을 기억하면 좋겠다. 진리인 말씀으로 나아가지 않으면 사단의 거짓, 속임수에 그것이 거짓말인지도 모르게 그런 생각 가운데 스스로가 고통받을 수도 있다. 시대적 말세시기라고 말하며 사단의 장난이 그 어느 때보다 극대화된 것은 사실인 것 같다. 그렇다고 모든 이들이 사단의 공격에 당하고 살진 않는다.

🌼 낫을 천으로 가리고, 괜찮은 척 다가오는 녀석들

방어, 불안, 왜곡된 생각, 집착, 통제, 의심, 판단, 분노 등을 살면서 나도 모르게 계속 사용하고 있다는 것을 기억하자.

사실 판단보다 위의 정서들이 더 빠르게 우리의 생각을 지배한다.

지배된 정서는 끊임없이 내 생각에 따라붙는다.

그래서 우리는 저 정서들을 잘 벗겨내야 하고, 분별하고, 진리로 우리 생각을 덮는 일들을 지속적으로 하자. 거짓의 영, 속이는 자들이 우는 사자와 같이 두루 삼킬 자들을 찾아다니며 공격하기 때문에. 늘 깨어 있어야 올바른 진리를 사수하고 올바른 사실 판단과 올바른 관계를 맺고, 올바른 소통을 할 수 있다는 것을 자주 기억하면 좋겠다.

내 소중한 그 사람을 더 이상 나의 왜곡된 생각으로 바라보지 않았으면 좋겠다. 이제 그만 나도 모르는 내 어두운 옷을 벗어 버리고, 오해 없는 소통을 하며, 자유하고, **우리 원래 모습 그대로, 있는 그대로** 평안하게 살아봐야 되지 않을까.

✹ 파스칼 왈

"새가 지나가는 걸 막을 순 없어도 새가 둥지를 트는 것은 막을 수 있다."

앞에서 잠시 이야기했지만 파스칼의 말이다.

부정적인 생각을 넣는 주체는 누구일까?

우리도 알다시피 사단이다. 사단은 나의 약함에 왜곡된 속이는 생각을 계속 불어 넣는 게 그들의 일이다.

특히, 우리 **내면의 약한 부분만 끊임없이 공격**한다. 우리는 우리 연약함의 옷을 잘 분별하여 벗어내어 사단 앞에 강해질 필요가 있다. 끊임없이 공격해 오는 사단을 올 때마다 계속 방어하고 저주할 것인가. 아니면 사단 녀석이 나를 공격해도 소용없다는 것들을 알게 해 줌으로써 사단을 지치게 할 것인가. 내가 지칠 것인지, 사단을 지치게 할 것인지를 잘 생각해 보자.

우리가 알고 있는 명언을 인용하면 **"소리에 놀라지 않는**

사자처럼, 그물에 걸리지 않는 바람처럼" 그렇게 우리도 사단의 공격 앞에 무반응으로 나아가자. 어차피 그들은 실재가 아닌 가상으로 우리의 생각을 공격하는 조무래기들이니까.

✳ 뇌의 패턴과 반응

똑같은 상황에서 다른 것을 느끼는 이유 중 하나가, 뇌의 반응 도식 자체가 어릴 적부터 사람마다 다르게 형성되었기 때문이다. 이것은 코칭이나 상담을 통해, 나의 반응 도식이 병리적으로 고착화되어 있는 부분을 변화시켜야 한다. 그렇지 않으면, 스스로는 강박에 묶여 살 것이며, 타인들을 판단하고, 정죄하며, 통제하며 살아갈 수도 있기 때문이다. 그 왜곡된 도식은 개인의 자동적 사고로 흘러간다. 그렇기에 그것을 바로 잡는 작업은 누구에게나 필요하다. 사람마다 그 어릴 적 형성된 도식의 흐름이 다르기 때문에 오해와 부딪힘이 일어나는 것이다. 사단은 특히나 그 개인의 왜곡된 도식에 틈타는 경우가 상당히 많은 것 같다. 왜곡된 도식 때문에 사람들과의 관계가 힘든 것이고, 그 형성된 도식으로 인해 세상살이가 힘든 부분이 많다.

🌼 우는 사자 잡기

불안과 걱정, 두려움이 우는 사자와 같이 우리 생각과 정서를 공격한다. 그것은 그분이 주신 생각이 아니다. 그리고 믿음의 정도를 떠나 사단은 끊임없이 지속적으로, 간헐적으로 공격인지도 모르게 공격한다. 그것의 허상에서 마치 실제처럼 믿어 버리도록 우리의 생각을 압도한다. 우리는 깨어 있어야만 한다. 그러기 위해서 그분의 도우심과 함께 우리의 자유의지를 발동시켜야 할 것 같다. 하루 시작을 설교를 듣고 짧게라도 QT 하기. 너무 쉽지만, 잘 안 되는 우는 사자잡기 방법.

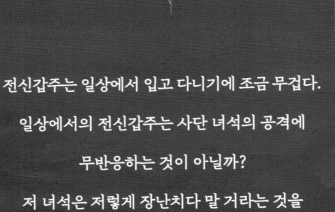

전신갑주는 일상에서 입고 다니기에 조금 무겁다.

일상에서의 전신갑주는 사단 녀석의 공격에

무반응하는 것이 아닐까?

저 녀석은 저렇게 장난치다 말 거라는 것을

아는 자들은 무반응할 수 있을 것 같다.

2.
영적 그루브

🌸 어디까지 예배일까?

나는 하루에 정시 개인 기도를 하고, 하루 시간을 구분하여 예배드리는 행위를 한다. 월 1회 정도는 기도원에 가서 금식기도도 꼭 한다. 청년 수련회도 일 년에 2~3번 정도. 교회에서도 2개 정도 고정적으로 맡은 게 있어서 섬기기도 한다. 그 시간 외에 시간은 나는 두렵고 염려되고 불안하다. 나의 마음이 지켜지지 않아 짜증과 원망과 분노가 올라온다.

삶의 예배란 무엇일까. 행위와 교리로의 예배를 내가 지금 지향하고 있진 않는가. 그 행위를 멈추면, 내가 불안하기에 그 행위와 교리를 지키기 위해서 지금 그분에게 나아가고 있다면, 내 마음이 불편하지 않기 위해 내 마음이 주님 주시는 평안에 있지 않고 작은 것에 일희일비 되고 있다면, 어쩌면 나는 그분이 원하시는 예배자가 아닐 수 있다. 평강 주시길 원하시는 그분을 행위와 교리로 맞춰 간다면, 이 마음은 조건적 신앙, 기복신앙의 흐름에 머물러 있는 것은 아닌지. 빠르게 직면하고 돌이켜야 하겠다.

1. 내 마음의 중심에 상황을 초월하는 그분을 향한 순전하고 강한 믿음이 있는가? 그 순전하고 강한 믿음은 무엇일까, 없다면 내게 믿음이 없음을 고백하고 그분에게 구하자.
2. 그 믿음을 방해하는 나의 내면의 밭은 어떤 상태인가?

🌿 우리가 원하는 것을 달라고 했을 때, 그분은 그 요청을 들어줄 수도, 거절할 수도 있다

우리가 그분에게 우리의 필요를 요청할 수 있다. 하지만 그분은 우리의 요청을 들어 주실 수도 있고, 거절하실 수 있는 권리가 있다는 것을 기억하면 좋겠다. 우리의 요청이 권한이 있는 그분의 뜻에 합할 때 컨펌되지 않을까?

❋ 내 앞에 삶의 문제가 터짐

문제가 생기면 나의 연약함을 돌볼 시간이 왔구나 생각하고, 기도하고 말씀보고 설교를 듣거나 나의 메인 이슈에 관련된 신앙서적을 읽어 보면 좋을 것이다. 문제가 괜히 터지는 것이 아니기에 그 문제를 통하여 꼭 자기 자신을 돌아보고 통찰해 가는 시간을 가지면 어떨까?

❋ 하루 3분

영적인 상태를 유지하는 게 정말 중요한 것 같다. 늘 평안함을 유지하고, 감사함을 유지하고, 주를 의지하는 것들이 이 세상을 살면서 쉽지 않다. 일주일에 한 번 설교를 듣는 것으로 매일 감사, 순간순간 기쁨, 주를 기억하기란 참……

내 안에 쓴 뿌리와 사단의 속이는 영들이 나의 생각과 마음을 공격하기도 한다. 요즘 영상에서 3~4분짜리 진리의 말씀과 설교들이 많이 있다.

말씀과 정보의 홍수시대이지만 우리가 잘 분별하여 아침 일하기 전에 진리의 말씀으로 나를 덧입히고 채울 필요가 있지 않을까. 하루 3분 시작을 영적인 3분으로 나를 채우는 것!

믿음은 들음에서 나고, 진리로 나를 늘 보호하는 것이 필요하지 않을까. 우는 사자와 같이 두루 삼킬 자를 찾아다니는 어둠의 사단들이 먹잇감을 찾아다니기 때문에 방심하지 말고, 영적으로 늘 겸손하며 긴장하는 게 필요한 요즘 시대인 것 같다. 따로 시간 내기보다 이동시간에 설교 말씀으로 나를 채우고 나의 영혼을 보호하기.

🌸 왜 하필

하필 내가 보기에 저것만 아니었으면 하는 생각! 기분은 나쁘고 내 계획이 꼬이거나 연장된 것 같지만 그 상황을 영적으로 보게 되면 그 하필의 상황은 지금의 나를 있게 한 디딤돌일 수 있다. 그냥 무턱대고 그렇게 긍정적으로 생각하자는 게 아니다. 영적인 관점으로 바라보자는 것이다. 그것을 통해 내 자신이 침체되고 상황이 원망스럽게 느껴질지 모르겠다.

바라봐야 한다. 그리고 인식해야 한다. 그 불필요하고, 불편한 사건은 그분의 관점에서 내게 필요해서 주어진 그분의 섭리라는 믿음이 나에게 필요한 지금 이 순간.

🌸 고난이 내게 오는 이유

그분은 우리가 행복하길 원하실 텐데 내게 고난이 왜 올까? 인간은 연약하고 자기중심적이기 때문에 고난을 통해서만 그분에게 나아갈 수 있는 영역이 있는 것 같다. 고난은 우리가 돌파해야 되고, 부르짖어 기도하며 끊어내야 할 만큼 악한 적이 아닌 것 같다. 영적으로 우리에게 지금 필요하기 때문에 감당해야 하고, 고난을 통해서 우리가 그분에게 나아가야 함을, 우리는 빠르게 깨달을수록 고난도 빨리 끝나는 이 원리를 떠올려 보자. 고난의 주관자와 최종 결정권자는 사단이 아니라, 그분이라는 것.

🌸 내 스스로 매일 신선하게 영성관리 할 수 있는 3가지 비법

1. 하루 시작을 기도, 말씀, 집안 정리, 운동, 아침 식사, 샤워로 시작하기

2. 이동하며 스마트 폰으로 짧은 설교 듣기
3. 내 가장 가까운 이웃(배우자, 애인, 가족)을 사랑함으로 그분의 사랑 완성시키기

❋ 영적 상태를 늘 맑게 하려면

일어나자마자 세수와 물 한 잔 후에 말씀을 읽고 시작기도를 짧게 한다. 말씀을 기반으로 한 보혈기도도 괜찮을 것 같다. 그 후에 운동하고, 아침 식사를 하고 샤워를 한다. 오전에 내가 할 일에 대해 계획하고, 움직여 집중한다. 이동할 때 짧은 설교라도 꼭 듣는다. 하루 시작을 하기 전이나, 하루 일과를 마치고서나 QT를 하는 것을 권장한다. 이렇게 틈틈이 말씀과 기도로 채우면 영적 상태가 혼탁해지는 것을 막는다. 늘 감사하게 되고, 부정적인 늪으로 들어가지 않을 수 있다. 식사와 적절한 수면까지! 권장한다. 몸 컨디션이 무너지면 영적으로도 까칠해질 수 있다는 것 함께 기억하기.

❋ 적당히 해야 하는 이유

내면의 스트레스와 육체적 고통의 대가로 얻은 가시적

인 성취는 40대 조기 암을 부른다. 요즘 우리 주변을 보면 30~40대 암이 종종 발생하기도 한다. 이유는 여러 가지가 있겠지만 스트레스, 불면이 주요 원인이 아닌가 싶다.

하루 6시간의 충분한 수면, 하루 1리터 물 마시기, 짜거나 자극적인 음식 먹지 않기, 일하며 스트레스 받지 않고, 샤워나 산책, 운동 등으로 스트레스 꼭 풀기. 나의 약한 부분 건강검진 받기.

현재의 그 고난이 아니면

그분을 제대로 볼 수 없기에,

내 삶에 수놓아 펼쳐놓은

그분의 섭리.

3.
광야 예습, 복습

✤ 상처받을 용기

상처받을 용기가 있는 사람은 상처를 받아도 포기하지 않는다. 상처받을 용기와 각오가 없는 사람은 살면서 인생에서 반드시 오는 상처에 이상하게 반응한다.

기억하면 좋겠다. 상처는 내 자신에게 있고 우리는 내 자신과 옆 사람에게 상처를 주고받는다. 상처는 우리 삶의 공기에 녹아 있는 미세먼지와 같은 것이다. 호흡하는 누구에게나 상처의 미세먼지가 삶의 고통을 주는 것은 어쩌면 당연한 일이 아닐까?

🌼 광야의 본질

동트기 전, 새벽이 가장 어둡다. 내 삶의 어두움을 그분의 관점에서 보면, 내 앞에 놓인 이 과정은 내 스스로 느끼는 삶의 무게감과 상관없이 그분의 섭리 안에 있다. 그 섭리는 나를 그분의 방법대로 빚어 가는 그분의 인도함이라고 할 수 있다. 건강한 신체를 위해서는 달콤한 음식과 시원한 음식, 입에 맛있는 음식 외에도, 입에 쓴 음식, 맛이 없는 음식도 먹어야 함을 우리는 알고 있다. 영의 강건함을 위하여, 내 앞에 놓인 상황을 유연하게 받아들여야 함이 필요하다. 어차피 내게 필요해서 그분께서 허락하시고 허용하시고, 더 과격한 표현으로는 세팅해 놓은 환경이다.

너무 힘이 드는가? 나는 그것을 통해 정금과 같이 단련되고 있음을 기억하자. 모두 **내게 필요하기 때문에 내가 겪고 있다**는 것을 기억하자. 하루 24시간 중 동트기 전까지 새벽 시간의 양이 정해져 있듯이 우리 삶에서 단련되기 전까지, 그 시간은 정함이 있다. 어차피 겪어야 할 것, 그 동트기 전 시간을 의연하게 받아들인다면.

내게 동트기 전 가장 어두움과 같은 상황은 무엇인가? 그 상황을 의
연하게 지내기 위해서 내게 필요한 삶의 태도와 방식은 무엇일까?

🌼 신비스럽다 지금 내 앞에 있는 고난

고난은 뭔가 이상하다. 영적으로 의미는 있는 것 같은데
도무지 힘들기만 한 것 같다. 고난이 내게 없으면 참 좋겠는
데, 살면서 고난의 연속이었던 것 같기도 하다. 고난의 목적
은 무엇일까. 고난을 통해 나의 어떠함을 그분께 내려놓고
나의 믿음의 성숙, 그분을 향한 의지하는 마음이 더 단단해
진다. 죄를 통한 대가에 대해서 생각해 보면 고난과 연결된
다. 그것은 아프고 고통스럽지만, 나와 그분과의 관계 회복,
다시 그 죄들을 가까이하지 않았으면 하는 그분의 통치하심
과 훈련과 인도하심일 수 있다.

완전하고 선하신 그분이 이 과정을 통해서만 나에게 가장
합당한 방법으로 진행하실 수 있다면, 그분은 그러한 방법을
우리가 아픔을 느끼더라도 쓰시지 않을까?

현재 내 앞에 고난으로 내가 인식하고 있는 것은 무엇인가? 그 고난을 그분이 내게 주셨다면, 그분은 어떤 목적으로 주셨다고 생각하는가?

🎆 내려놓음이란

꿈을 이룰 소망, 취업을 향한 소망, 배우자를 얻기 위한 소망, 병 치유에 대한 소망 등 어떤 것이든 그분보다 집중되어 있는 나의 마음을 내려놓는 기도가 필요한 것 같다. 그렇지 않으면 그분께서 한방에 흩으시거나, 강하게 다루실지도 모른다. 그 과정은 정말 혹독할 수도 있지 않을까?

기도하는 사람은 내 안에 성령으로 인해 느낄 수 있다. 말씀과 기도는 내가 그분보다 앞서 가지 않도록 나의 길을 비춘다.

지금 내가 그분보다 더 걱정하고, 더 몰두되어 있는 것은 무엇인가?

🌸 우린 죽지 않는다

고난은 사랑하는 자에게도 주신다. 고난 자체 보다 고난을 주시는 자의 심정을 헤아리는 사람이 성숙한 자이다. 그분은 고난을 주실 수 있되 우리에게 각자가 감당할 만한 고난만 주신다. 고난이 올 때 우리가 죽을 것 같지만 죽지 않는다는 얘기이고, 고난은 우리에게 꼭 필요하기에 그분께서 주신다는 믿음을 잃지 말아야 지치지 않는다. 이왕 받을 거라면 기분 좋게 받는 게 좋지 않을까 싶다. 이 고난은 그냥 감당하는 게 맞을 것이다. 나에게 필요한 자세는 고난을 피하지 말고, 인내하며 그냥 감당하는 것의 자세가 아닐까?

🌸 막힘없는 삶

"걱정해서 걱정이 없으면 걱정이 없겠네."라는 말이 한때 유행이었던 적이 있다. 걱정은 본연의 모습 중 하나인 것 같다. 누가 덜 걱정하는가 싸움인 것 같기도 하고.

지금 내 앞에 말 못할 고난이 놓여 있다. 그것이 내가 너무 길어 지치고 원망스럽고, 하루하루 너무 막막할 것이고, 그 아픔과 무게감의 짓눌림을 누가 알 수 있으랴. 우리는 기억했으면 좋겠다. 지금 내 앞에 떡 하니 있는 이 고난이라는 시간은 반드시 끝이 올 것이고, 그 고난은 내게 지금 필요해서 내 앞에 있다는 사실을.

🌸 고난의 상대성과 총량

한 살이라도 젊을 때 고난을 받으면 나중엔 고난이 적거나 없다. 이것은 인생을 살면서 겪어야 할 고난의 총량이 있다고 했을 때 성립되는 이치이다. 고난을 겪지 않았다는 말은 내 앞에 놓인 문제에서 별 걱정과 부딪힘이 없다는 의미도 되는 것 같다. 편하게, 부딪힘 없이 살아온 인생에서 결혼을 하면 어떻게 되는가. 원만했다고 생각했던 나의 부분이 그때 부딪힘이 생길 수 있는 것이다. 같은 상황에서 개인마다 느끼는 상황적 느낌과 해석은 다 다를 수 있다.

취업 준비만 5년째, 배우자 기도만 10년 가까이 했다고 봤을 때 누구는 되게 지쳐, 공동체를 포기하고 집안에 주로 머물 수도 있을 것이다. 또 누구는 아르바이트를 하면서 공동체에 잘 속하고, 교우관계를 활발히 하고 남는 시간에 내가 하고 싶은 공부를 하면서 보낼 수도 있을 것이다. 같은 상황에서 느끼는 고통의 정도가 다르기 때문에 남을 내 관점으로 이해하기는 무리가 있다. 그 사람의 유전적 기질, 살아온 배경, 겪어온 상처, 결핍, 삶의 경험들이 다 다르기 때문에.

🌼 고난 해석법

고난이 없었으면 좋겠는데, 취업 문제가 좀 해결되니, 결혼 문제가 다가온다. 결혼 문제가 해결되니, 돈 문제가 생긴다. 빚을 어느 정도 갚아서 문제가 끝났는가 싶었는데, 이제는 몸이 말을 듣지 않아 건강의 문제가 온다. 건강이 좀 회복되고 나니, 스트레스 문제로 이젠 마음의 병이 생기고, 내 문제는 어느 정도 끝났는데, 자녀와 부모 문제로 여러 걱정거리들이 생기기 시작할 수도 있다.

내 앞에 놓인 고난을 100% 사단의 공격으로만 해석하기에는 무리가 있다. 내 계획대로 삶이 안 되는 것을 고난이라고 해석할 수는 있으나 그것의 주도자가 사단이 아닐 수 있다는 것. 그분께서 우리를 위해서 세팅해 놓은 것일 수도 있기 때문이다.

내 앞에 놓인 그 치열한 고난이 그분의 세팅이든, 사단의 장난이든 우리에게 요구되는 것은 그것을 믿음으로 이겨 내는 것이다. 기억했으면 좋겠다. 그분은 우리의 믿음이 장성한 분량까지 자라나길 원하시고, 우리의 내면이 더욱 성숙되어 그분의 성품을 닮아 가길 원하시는 분이다. 고통 없는 성숙, 고통 없는 변화, 성장은 없다.

그분의 제자로 살아가기로 믿음으로 결단한 이들에게 고난이 더 세게 올 수도 있다. 어차피 내게 필요해서 주어진 고난이라면, 지금 앞에 있는 고난을 피하지 말고, 고통스럽지만 마주하자. 이 고난의 파도에 몸을 싣고 파도 위를 서핑해 보자.

🌼 왜 그분이 우리 기도를 들어주지 않으시는가?
(by. 다니엘김 선교사님)

그분은 우리의 사정을 다 아시고, 자식이 달라는 것을 왜 주시지 않겠는가, 당연히 주시길 원하고, 주실 능력이 있으신 분인데도 주지 않는 데에는 이유가 있다는 것.

우리가 원하는 것을 구할 때 그것을 바로 주시면 우리의 결과가 좋지 않다는 것을 그분은 예견하시기 때문이 아닐까. 과거, 현재, 미래를 완벽하게 통달하고 계시는 만물의 주관

자께서 우리의 기도를 유보하시거나 지연시키거나 정지시킬 때는 그분이 우리의 상황을 가장 잘 아시기 때문에 그렇게 하고 계신다는 것을 <u>볼 수 있는 믿음의 눈</u>이 있길 소망한다.

✾ 영적인 디데이를 늘 기억

고난이 우리를 성숙하게 하고, 고난이 우리를 겸손하게 하고, 고난이 나의 성품을 다듬고, 고난이 나를 성장시키는 밑거름이 되는 것 알고 있다. 그래도 너무 힘든 이유는 고난의 기한을 우리는 알 수 없기 때문이 아닐까? 고난 자체를 즐기는 사람은 거의 없을 것 같다. 우리는 기억하면 좋을 것 같다. 고난에는 반드시 그 선한 의미와 함께 유효기간이 있다는 것을.

"주께서 인생으로 고생하게 하시며
근심하게 하심은 본심이 아니시로다."
예레미야애가 3:33

지금 나의 상황이 이미 광야라면

피할 수 없을 것이다.

내가 할 수 있는 것은

광야의 시간을 줄이는 것이다.

4.
닛시

✳ 상처받은 고양이

　고양이는 사람이 다가갈 때 할퀸다. 고양이가 할퀸다고 내가 만약 그 고양이에게 윽박지르거나 고양이를 때린다면, 고양이와는 가망이 없을 수 있다. 고양이는 내가 싫어서 할퀴는 게 아니다. 고양이는 원래 할큄이 있다. 그 할큄을 받다 보면 나에게 상처가 나기도 한다. 고양이에게 다가가려면 상처받는 것은 필수일 수 있다. 시간이 지나서 그 고양이는 다가가는 나에게 더 이상 예전처럼 할퀴지 않는다. 그리고 나에게 야옹하며 나를 부를지도 모르겠다. 어느새 고양이는 야옹이가 된다.

✳ 무의식의 지배로부터 탈피

무의식에서 올라오는 나의 의식하지 못한 자동반사적인 생각의 흐름과 행동들. 이것을 면밀히 살펴보면 거의 부모에게서 영향 받은 경우가 대부분인 것 같다. 부모를 원망만 할 것인가? 부모도 무의식적으로 우리 자녀를 양육하면서, 사랑하면서 전해진 결과이다. 원망할 것도, 서운해할 것도 크게 없는 것 같다. 다만, 지금 나의 생각과 행동이 어디로부터 왔는지 그 원인을 살펴보고, 그것을 분리하는 시간과 과정이 꼭 필요한 것 같다. 나의 마음의 문제, 그 문제를 문제로 보려면 원인을 알아야 한다. 같은 집에 살고 있다면, 분가를 통하여 공간적 분리, 연락 횟수를 줄이면서 정서적 분리를 통해 거품을 벗고, 사실을 마주할 수 있는 객관적 시야를 확보하자. 가능하면 부모와 빨리 분리할 수 있도록, 시간을 갖고 준비해 보자. 분리는 곧 나의 회복, 서로의 회복이 될 수 있다.

✳ 마음이 상하는 관계

관계는 사귀거나 결혼하면 나의 연약함 때문에 반드시 추측과 오해로 관계가 어그러진다.

'왜 하필 그것이······'라는 접근 아닌 모두가 그럴 수 있다는 사실을 구조적으로 인식하는 게 필요하다. 그리고 상대의 기분이 상하거나, 화를 내는 지점이 어느 지점인지, 어디서부터 왔는지 서로 시간을 갖고 파악해야 한다. 서로 상태가 좋을 때 그런 시간들을 꼭 갖고, 서로 상태가 안 좋을 때 그 시간을 갖기가 힘들면 부부 상담을 통해 꼭 지점을 찾으면 좋겠다. 그 지점은 아마도 어릴 적부터 나를 자극시키거나, 분노하게 했던 지점일 것이다.

상대방은 의도 없이 그런 말과 행동들을 했다. 하지만 나는 그 의도 없는 말과 행동이 나의 내면의 무엇과 클릭이 되면서 서로의 갈등이 시작된다. 나는 내가 사랑하는 사람의 그 부분에 대해 얼마나 힘들어했고, 그런 비슷한 부분이 이 사람 말고 또 언제부터 힘들었는지 나눠 보자. 상대방은 그런 행동을 어떤 뜻에서 했는지 물어보고, 그 답변에 대해서 나의 식대로 왜곡하지 말고 사실 그대로를 믿고 받아들이면 참 좋은데. 한번 해 보자.

🌫 잉꼬로 인정받는 쇼윈도 커플

오래된 연인들, 결혼한 부부들은 말하지 않아도 알고 있을 것이다. 첨예한 대립과 부딪힘이 있다는 것을 우리는 알고 있다. 연인들 사이에 문제가 있다면 그 문제는 우선 오픈되어야 한다. 서로 다투는 것은 부끄러운 것이 아니라, 그것을 직면하지 않는 것이 부끄러운 것임을 우리는 기억하면 좋은데 말이다. 모든 커플에는 문제가 있다는 것을 먼저 인지하기. 그 문제를 어떤 방식으로 풀어 가는가 하는 것이 키포인트 같다. 타인의 시선을 먹고 사는, 한 번도 싸우지 않는 쇼윈도 커플이 될 것인가 아니면 문제를 오픈하고 도움을 받고 더 깊어진 관계로 들어갈 것인가?

🌫 돈을 더 벌어야 할까, 그분을 더 섬겨야 할까

돈이냐 신이냐, 돈을 무조건 맘몬으로만 봐야 할까?
돈은 그분이 우리에게 주신 축복 중 하나로 볼 수도 있고, 그분이 아닌 돈을 주인으로 섬길 수도 있는 탐욕의 강력한 우상으로 볼 수도 있을 것이다. 돈, 성, 권력 중에서도 가장 강력한 우상이 될 수 있는 것은 돈이지 않을까 싶다. 돈이 많고 적음에 영향을 받지 않으려면, 적절한 외부적 양의 조절보다, 나의 믿음의 기반을 그분께로 둘 때 돈을 맘몬으로 받아들이지 않게 될 것 같다.

🌱 경쟁

체인지그라운드라는 영상에서 비교는 비참해지거나 교만해짐이라고 이야기한 것이 생각난다.

왜 우리는 남과 비교하게 될까? 내 안에 채워짐이 없어서 타인들의 기준과 시선과 잣대로 나를 바라보는 것이 아닐까?

내가 정말 어떤 존재인지 내가 정말 원하는 게 무엇인지 그것을 알면 비교하지 않게 되는데…….

그리고 정말 경쟁의 맛은 자기 자신과의 경쟁이 아닐까 싶다.

내 안에 나와 경쟁해야 할 부문은 무엇일까? 내가 뛰어넘어야 하는 수십 년간 형성된 나의 내면의 상처는? 내가 계속 생각만 하고 실행하지 못한 부분은 무엇인가?

✻ 도전이 주는 안정감

도전은 무조건 안정을 버리고 절벽에서 뛰어내리는 것이 아니다.

그리고 절벽에서 뛰어내렸을 때에도 내가 죽지 않고 안전하다고 깨닫게 되는 경우가 많다. 생각이 행동에 영향을 미친다. 반대로 행동이 생각에 영향을 미친다. 무의식중에 고착화, 화석화되어 버린 나의 고집된 생각. 나의 강력한 신념으로 둔갑한 나의 깊은 왜곡된 생각들.

행동하며 그 낡은 나의 생각들에 균열이 생기기 시작한다. 이것이 도전, 행동이 주는 최고의 매력!

✻ 15억 받고, 15년 내어준 남자

무기력한 38세 한 남자가 있었다. 어느 날 갑자기 한 마법사가 그 남자에게 소원을 들어준다고 했다. 남자는 평소 로또에 관심이 많았기에 저번 주 로또 1등 당첨 금액인 15억을 말했고, 마법사는 15억을 오늘 지급하겠다고 약속했다. "당신은 15억을 오늘 받게 됩니다. 단 15년을 내게 주셔야 합니다."

남자는 15년을 빠르게 계산을 하였고, 53세라는 것을 3초 안에 마음속으로 계산하였다. 남자는 도서관에서 낮잠을 자다가 꿈에서 깨었고, 자기 자신의 현실을 다시금 인식하게 된다.

상황을 바꾸기 이전에 지금 나이의 나를 다시 한 번 바라보는 건 어떨까? 분명 같은 상황인데 새롭게 보일 수도 있다.

※ 영혼의 안전지대

승리하기 위해서, 안식해야 한다는 말. 일하기 위해서 쉬어야 된다는 말. 공부를 열심히 하기 위해서 충분한 수면을 해야 된다는 말. 저 사람을 더 사랑하기 위해서 나를 더 사랑해야 한다는 말. 나는 영혼의 안전지대가 있는지 살펴보자. 세상은 너무 험난하다. 사람들과 부딪히며, 상처받고, 홀로 살아가며, 세상풍파 가운데 보호받지 못할 때가 있다. 나 이외에 사람들은 나의 영혼에 스크래치를 줄 수 있는 가능성이 있다. 그것을 알고, 준비하고, 조절할 수 있는 것은 개인의 통찰이며, 개인의 능력이다. 사람들과 경계선을 세우고 나를 보호할 때가 필요하며, 사람들과 마음을 나누며, 서로 함께 가야 할 때가 필요한 것 같다. 사람들마다 연약한 부분이 존재하고, 그 연약함의 종류는 참 다양하다. 그렇기 때문에, 배우자 외에 친구든, 직장이든, 부모든, 형제든 연락의

빈도를 줄이고, 경계선을 세울 필요가 있다. 때에 따라서는 배우자 외에 사람들과 연락을 일정기간 하지 않는 것도 영혼의 안식을 위해서 필요할 때가 있다. 나 혼자인 시간은 누구에게는 홀로 방해받지 않는 시간과 공간인 내 마음이 편한 카페에 가서 시간을 보내는 것. 그곳에서 미래를 준비하든, 쉬든 상관없다. 누구에게는 미술관, 영화관, 산책, 도서관, 바다, 산, 운동, 홀로 집에서 쉬는 것 등 여러 가지가 있을 것 같다. 더불어 가족이나 공동체가 내게 있는지 살펴보자. 내 마음의 기쁨과 슬픔과 일상을 나눌 수 있는 2~3명 이상의 깊은 관계, 무조건적인 용납의 공동체가 내게 있는지 살펴보자.

마지막으로 내가 너무 힘들 때, 언제든 손을 뻗으면 만날 수 있는 나의 친구가 1명 있는지도 살펴보자. 나 혼자만의 시간, 용납의 공동체, 힘들 때 내가 언제든 만날 수 있는 친구 1명. 그렇다면 이 험난한 세상에서 덜 숨이 막히고, 이제 세상 속에서 자가 호흡할 수 있을 것이다.

인간은 보편적 욕구인 자율적 욕구, 자유의 욕구, 인정의 욕구가 있다. 나의 개인적 영혼의 안전지대는 어디인가? 나의 공동체는? 나의 친구는? 이 3가지가 내게 무엇인지 적어 보자.

🌸 나의 분깃

전도, 선교를 왜 하는 것일까? 지상명령이기도 한 전도, 선교에는 본질적으로 예배하는 자들을 찾기 위해 그런 당부와 명령의 말씀을 하시지 않았을까? 네 이웃을 사랑하라는 말씀에서 내 이웃은 어디에 있을까? 동네 행인, 먼 친구나 친척, 다른 지역이나 다른 나라 사람들? 그분은 어쩌면 내가 살고 있는 동네에 대한 바운더리를 주신 게 아닐까? 그 앞집, 뒷집, 내 고객, 내 직장 같은 팀들이 내 이웃이 아닐까? 가장 가까운 내 이웃은 배우자일 것이다. 그분께서 짝지어 준 한 몸 된 부부는 나의 분깃, 나의 이웃.

🌸 부부가 된다는 것

수십 년간 여러 커플들을 보고, 나의 경우를 보더라도 반대 성향으로 만나 사귀고 결혼하는 경우가 상당히 많다. 나의 지인인 경우에는 거의 100%에 가까울 정도(예외가 한 커플도 없음)이다. 배우자는 여자의 경우 아버지와 반대 모습인 남편을 만나고, 남자의 경우, 엄마와 반대 모습인 여자를 만날 확률이 있다. 이것도 약간의 본능적 선택인가 싶을 때가 있다.

이렇게 만난 부부는 결혼해서 우선 너무 좋지만 고생을 한다. 사랑해서 결혼했지만 점점 사랑하기 힘든 모습, 실망스러운 모습들이 서로 생겨 간다. 그러면서 서로 감정이 쌓이고, 그것을 표현하는 과정 중에 격한 단어와 모습들이 오갈지도 모르겠다. 그 사이에 서로는 서로의 약한 부분들을 자극하게 된다. 가령, 여자가 더러워진 주방을 보며 남자에게 불만을 표시하면, 남자는 그 불만의 지점을 거절감으로 받아들여 상처를 받는 경우이다.

여자는 어릴 적 주방을 치우지 않는 것에 대한 부모에게 지적을 여러 번 받아왔을 수 있다. 정리되지 않은 주방을 볼 때면 부모에게 받았던 압박과 그것에 대한 짜증의 감정이 올라와 그것을 억지로 치우면서 남자에게 좀 강하게 표현한 것일 수 있다.

이럴 경우 남자는 어릴 적 부모가 인상을 쓰거나 직설적으로 표현한 것에 대해 부정적 감정과 거절감을 갖고 있을 수 있다. 여자의 강한 표현에 남자는 속으로 '정리하지 않아도 되는데 제발 정색하거나 짜증내지 않았으면 좋겠다'라는 마음이 들 수 있다. 심지어 남자는 연약함의 정도에 따라 '이 여자가 나를 좋아하지 않는구나'라고 받아들일 수 있다.

주방이 어지럽혀진 상황에서 여자는 부모의 영향으로 짜증이 났고, 남자는 아내의 말투에 부정적 감정과 거절감을 느끼게 된 것이다.

거의 많은 부부들이 이와 같은 상황에 따른 해석과 반응이 다르게 되고, 서로를 이해하지 못하게 되고, 결국 크게 다투거나 반대로 마음의 문을 닫고 어느 정도 포기한 채 아무 문제없어 보이게 살아갈지도 모르겠다.

그분이 말씀하시기를 이러므로 사람이 그 부모를 떠나서 아내에게 합하여 그 둘이 한 몸이 될 지니라 하신 것을 읽지 못하였느냐. 이러한 즉 이제 둘이 아니요 한 몸이니 그러므로 하나님이 짝지어 주신 것을 사람이 나누지 못 할지니라 하시니(마 19:5-6).

문제없는 부부생활은 없다. 하지만 부부는 우연히 만난 것이 아니고, 서로 이해할 수 없는 문제들은 당연히 발생할 것이라는 것을 아는 것이 참 중요한 것 같다. 상대방을 먼저 이해하려고 하기보다, 내 안에 배우자의 말투, 생각,

행동 등에 대해서 올라오는 내 감정과 기분과 생각들을 잘
타고 올라가자.

배우자와 부딪히는 갈등은 당연히 있을 수 있기에, 회피하
거나 은폐하지 말고, 건강하게 수면 위로 올려야 한다.

1. 배우자의 말과 행동에 대해 기분 나쁜 것들을 적어 놓
   고, 이성적으로 질문하기
2. 배우자의 말과 행동의 의도와 목적 파악하기
3. 배우자의 말과 행동에 대한 나의 반응과 기분이 안 좋아
   진 지점의 원인 파악하기

✸ 조물주에 대한 명확한 인식

조물주는 우리가 이해해야 될 대상이 아니라 믿어야 할 대
상이다.

왜 우리가 원하는 것을 달라고 했을 때 그분이 주어야 하
는가. 그분은 우리가 요청한 것을 줄 의무는 없다. 그분의 오
묘한 섭리를 이해하기란 인간 차원에서 쉽지 않은 것이 당연
하다. 진리는 그분이 우리를 사랑하신다는 것. 다 알 수 없지
만 그분의 섭리로 우리를 인도하고 계시는 중이라는 것.

🌻 가장 행복한 사나이, 예수그리스도

부모님이 20대가 넘은 자녀들, 혹은 결혼하여 출가한 자녀에게 섭섭한 마음, '내가 널 어떻게 키웠는데……'라는 생각이 들 때가 있을 것 같다. 연인 사이에서도 "내가 너한테 어떻게 했는데……"라는 말을 하기도 한다고 한다. 김창옥 교수님은 이렇게 이야기한다. 사랑은 그 사람을 사랑하는 것으로 이미 보상을 받은 것이라고. 또 이야기한다. 그는 목숨을 바쳐서 사랑할 누군가가 있었기에 가장 행복한 사나이라고.

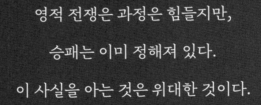

영적 전쟁은 과정은 힘들지만,

승패는 이미 정해져 있다.

이 사실을 아는 것은 위대한 것이다.

내면세계
여행

"두 사람의 성격이 만나는 것은 두 가지 화학 결정체가
서로 닿게 되는 것과 같다. 반응이 생긴다면, 양쪽 다
변하게 된다."

– 칼 구스타프 융

이 사람과 함께 함이 좋고, '이 사람이다' 확신을 가지고, 정말 사랑해서 결혼한다. 그리고 그 사람 때문에 죽을 만큼 이나 힘들고 지쳐서 이혼한다. '조건이 좀 더 괜찮은 다른 사람은 괜찮겠지?' 그런 생각으로 재혼한다. 그 사람과도 서로 지치고 힘들어서 이혼한다. 이번에는 첫 번째, 두 번째 사람과 전혀 다른 사람을 만나 삼혼을 한다. 서로 많이 지치고 상처를 주고받은 채 이혼한다. 신중에 신중을 거듭하여 마지막이라고 생각하고 나와 정말 여러 가지로 상당히 비슷한 사람과 사혼한다. 앞에 3번보다 심한 비난에 깊은 상처를 받고 이혼한다.

사랑하는 그 사람이 나를 어떤 부분으로 힘들게 하고 있나? 사랑은 성공보다 어려운 것 같다. 사랑은 둘이 하는 것이 아닌 것 같다. 나와 나도 모르는 나와 상대와 상대도 모르는 상대 이렇게 네 사람이 동시에 사랑하는 것이기에 사랑은 너무 복잡하고 힘들 수 있다.

　나도 모르는 나의 불안, 나의 자존감, 나의 열등감, 나의 결핍, 나의 상처들은 내가 모르는 나이다. 나의 무의식에서 일어나고 있는 그 나도 모르는 나를 만나는 작업. 그 작업을 하고 나면, 지금 겪는 관계의 어려움은 분명 이전과 다를 수 있다. 나를 찾아 떠나는 여행. 이제 출발해 보자.

1.
그 사람과
만날 준비

🌻 사랑하는 사람을 내려놓았을 때 내가 얻게 되는 것

내가 힘든 부분은 내가 그 부분을 붙잡고 있기 때문 아닐까, 내가 소중한 그 사람 때문에 힘들다면, 내가 그 사람을 붙잡고 있기 때문 아닐까? 상대방의 감정의 기류를 내가 어떻게 할 수 없다. 그 대상이 여자라면 더욱 그렇다. 사랑의 정도가 높고, 애착과 집착이 높은 남자들은 내 여자에 대한 감정에 책임감을 높게 가진다. 그래서 내 여자가 감정이 우울하거나, 짜증이 나는 것을 보면 나 때문에 그런 줄 알고, 마음이 침울해진다. 남자는 여자의 작은 감정의 변화와 반응에 출렁이는 연못이 아니라 큰 바다와 같이 묵묵하게 말을 아끼고, 큰 바위처럼 단단하게 안정감을 가지고 여자 옆에서 가만히 지켜보는 것이 필요할 것 같다. 출렁이는 물결 가운데 문제를 해결하고 풀어 주는 것이 아니라, 큰 존재감으로 옆에 묵묵히 있어 주는 듬직함과 안정감.

내가 나의 연약함으로 내 사람에게 상처를 주거나, 집착하고, 통제하고, 변화나 행동을 강요했던 부분이 있다면 어떤 것이 있을까? 그것은 사랑의 방법이 아니라, 나의 연약함에서 나온 것이다. 나의 연약함의 색깔 중 어떤 영역의 색깔 때문일까?

🌸 내 안에 확신을 당연시할 때(연인)

내 안에 확신은 거짓일 확률이 높고, 자기 확신, 자기 신념! 그것은 틀릴 확률이 매우 높다. 삶을 살면서 여러 상황들과 경험, 체험 통해 그것을 습득했을 것이다. 그것에 대한 필터 작업을 하지 않은 사람이라면 그 거짓 확신을 가지고 세상을 대하고, 상대방을 대한다. 나의 기준에 상대방이 한 가지라도 부합하지 않으면 나만의 빠른 판단으로 상대방에 대한 결론을 내려 버리기도 한다. 이것은 가까운 사이 중에 더 확실히 드러나게 되는데, 연인 사이에서는 정점을 찍어 버린다. 가령 커플 중 한쪽이 출장을 간 때에는 서로 자주 톡으로 서로의 상황을 보고하고, 출발, 도착, 특이사항에는 통화를 해야 한다는 신념이 있다고 해 보자. 이것은 개인의 신념이지 우리 모두의 신념은 아니고, 그 개인의 신념도 비합리적일 때가 정말 많다. 이것에 대한 신념이 높으면 그렇게 해야 된다는 개념이 너무 강하기 때문에 상대방이 그렇게 하지 않으면 무슨 일이 일어났다는 신호로 받아들여 버린다. 여자는 혼자 상상한다. 도착했을 시간인데 연락이 없으니 무슨 일이 생겨도 단단히 생겼다고 생각한다. 시간이 지날수록 그 무슨 일이라는 정도는 더 높은 정도로 발전할 것이다.

본인이 상대방에게 전화를 했는데 받지 않는 상황이면, 이것은 경찰에 신고하거나 그 회사에 전화해서 생사여부를 물어봐야 할지도 모르겠다. 시간이 지나 남자와 통화가 연결됐을 때 여자는 이미 폭발하고 잿더미가 된 상태.

1. 내 자신이 또는 내 애인(배우자)이 이런 경우가 있는가?
2. 이렇게 반응하는 이유(원인)가 무엇일까?

3. 나의 상대가 이런 경우라면 나는 어떻게 반응해야 할까?

4. 내가 이 경우라면 나는 무엇을 돌아봐야 하고, 어떻게 대처해야

할까?

....

🌼 가장 좋은 사이, 가장 힘든 사이: 부부 사이

사랑과 신뢰로 결혼했을 것이다. 하지만 살다보니, 이 관계가 손상되는 어떠한 말들을 하기도 한다. 그 말은 그 자체가 사실이나 진심이라기보다 상대방에 대한 복수이기도 하고, 어떠한 목적으로 세게 이야기하게 된다. 사람은 보통 좋았던 기억이 있다 하더라도, 본능적으로 서운하거나 상처받았던 기억이 그 위에서 기억을 지배하는 경향이 짙다. 그래서 좋은 추억은 부정적인 일들에 묻히게 되는 경우가 많다.

배우자의 행동은 나를 겨냥해서 한 행동은 아닌 평범한 행동인데, 나는 그것에 나의 내면의 무엇이 건드려지기 때문에 부딪히게 되는 흐름이다. 게다가 나의 행동이 배우자를 위한 행동인데, 그 행동으로 인해 배우자가 기분이 상해서 나를 비난한다면, 부딪힘이 생기는 흐름이라는 것을 기억하면 좋

겠다.

부부는 사랑으로 하나된 관계이고, 바깥에서 일을 하는 것
도 배우자를 위해, 살림을 하는 것도 배우자를 위해, 내가 살
아가는 것도 배우자를 위해서이다. 그런데 많은 부부들이 서
로 자주 부딪히고 심지어 이혼을 하기도 한다. **배우자의 행
동과 나의 인식 사이에 무언가 왜곡되는 부분이 존재하
는 걸 기억하면 좋겠다.**

나를 자극하는 배우자의 말과 행동은 무엇일까? 나는 그 말을 들을
때 어떤 마음이 드는가? 나의 배우자가 그 말을 하는 속뜻은 무엇
이고, 언제부터 그런 말과 행동을 하게 되었을까?

🌼 무서운 반대성향이론

연인과 부부는 어떤 본능적 필요와 안정의 욕구 때문인지
모르겠지만, 나와 성향이 반대인 사람이 만난다. 그렇기 때
문에 나와 달라도 확실히 다른 사람이 사랑하는 사람이라는

것이다. 나와 반대이기 때문에 통하지 않을 수 있고, 내가 어떤 부분이 어렵고, 어떤 부분을 원하는지 상대방은 말을 하지 않으면 모른다. 한두 가지 정말 바뀌었으면 하는 부분이 있다.

그럴 때 생각해야 된다. 지금 우리가 반대 성향이어서 서로 끌려 결혼했다는 것. 비슷한 성향이었으면 서로 잘 통하고, 내가 어려운 부분의 지점도 지금보다 적을지도 모르겠다.

비슷한 성향이면 잘 통하지만 인연까지는 되기 어렵다는 것을 알고 있는 사람이 얼마나 될까.

🌻 상대에 대한 집중을 넘어 집착으로

모두가 표면적으로 티를 안 내서 그렇지 결혼 전이나 신혼 때에 개인의 어떤 연약함의 이유가 아니더라도, 좀 더 좋아하는 쪽이 상대에게 집착할 수 있다. 그것은 꼭 병적이라고 진단하기보다, 자연스러운 부분과 긍정적인 측면도 있다는 것을 잊지 말자. 그리고 그 집착은 신혼의 몇 년의 시기가 지나가면, 집착의 정도가 누그러져 편안해진다.

🌱 시댁, 그 흔한 그 이름

우리나라만 그런가?

시댁과 며느리는 가까워지기엔 너무 먼 당신.

내 주위에서 시어머니가 좋다는 사람을 딱 1명 보았는데 시어머니와 며느리 사이에 거리가 상당히 멀었고, 시어머니가 쇠약하셔서 소통이 쉽지 않은 상황이었다.

결혼한 여러 선배에게 물어봤을 때 여자 쪽은 시댁을 어려워하는 게 본능 같아 보였다. 남편들은 우리나라 시댁과 며느리와의 이상한 구조적 관계와 이런 미묘한 감정들을 잘 공부하고 이해할 필요가 있을 것 같다.

주변 결혼한 선배들의 사례들을 통하여 며느리와 시댁에 대한 각자의 시선과 각자의 감정을 이해하는 데 도움이 될 수 있을 것 같다. 주위에서 시댁과 며느리의 관계들을 볼 때, 그 자체의 친밀함보다, 시댁의 원하는 것들을 불편하지만 겉으로 따라가느냐, 솔직하게 잘 따라가지 않느냐의 경우로 나뉘는 것을 자주 본다. 남편은 양쪽을 다 이해해야 해서 입장이 어려울 수 있지만, 우선 옳고 그름을 따지진 말자.

그 옳고 그름의 기준 자체가 객관적이지 않을 가능성이 굉

장히 높다.

왜냐면 트랙이 2개이기 때문이다. 시댁은 아들을 대하는 것과 며느리를 대할 때 다르게 표현된다. 아들의 입장에서만 우리 부모를 이해하면, 아내와 불통이 되는 것을 경험할 수 있다.

남편은 자신이 더 이상 부모의 아들이기보다 새로운 가정을 이끄는 가장이기에 무게중심을 아내로 두어야 하지 않을까? 그래야 결혼 후에 새로 맞이하는 가정을 이끌 수 있을 것 같다.

결혼 후에 부모님의 관심과 참견의 동기는 사랑일 수도 있다. 하지만 내 자식을 계속 끌어당기고 싶은 그 마음을 더 이상 충족하긴 어렵다.

자식을 온전한 사랑함과 키워 준 것에 대한 자동반사적 보상심리 약간, 내 자식이라는 것에서 오는 통제권 행사, 한국의 유교문화에서 오는 '효'의 개념 적용, 핏줄에 대한 본능적 헌신, 무조건적 내리사랑이 부모의 마음 안에 있다. 결혼 후에도 어떠한 당위성에 얽매이기보다 본질을 바라볼 수 있으면 참 좋겠다.

부모님의 기대들을 다 충족할 수 없고, 부모님은 어느 정도 그들의 인생을 살아가시도록 공간적, 정서적 분리가 필요하다는 사실을 기억하면 좋겠다.

결혼 후 건강한 경계선은 서로의 관계를 건강하게 세우고, 존재로 바라볼 수 있게 하는 선한 도구적 장치이다.

✽ 헤아려 본 배우자

정말 많은 부부 중 자신의 배우자가 변화되길 바라는 부분은 무엇일까? 또한 배우자가 정말 감사한 부분은 무엇일까? 이 둘을 적어 보는 것은 어떨까?

부부는 누구를 만나든 내가 불편한 부분은 발생할 수 있고, 둘 사이의 부딪힘은 반드시 발생하는 것 같다. 우리는 불편하고 서운하고, 어렵고, 상처받은 것을 스스로 보호하기 위해 먼저 기억해 낸다. 우리는 의식적으로 배우자에 대해 내가 감사한 것들, 좋은 것들을 쓰고, 인식할 필요가 있다. 그리고 꼭 기억하자. 배우자의 이해되지 않는 그 행동, 상처되는 그 말과 행동들은 내가 싫어서 혹은 나를 무시하려고 하는 말과 행동이 아니라는 것.

결혼 전에 어릴 적부터 형성된 자아와 습관의 패턴이 그렇게 표현된 것이지 나의 어떠함 때문의 반응이 아니라는 것을 꼭 기억하면 좋겠다. '나와 결혼한 배우자는 나를 최고로 사랑하고, 결혼의 확신이 있어서 그 사랑과 믿음으로 선택한 것'이라는 대명제는 부부끼리 다툰다고 없어지지 않는다. 힘든 상황, 배우자의 생각과 말투 행동 때문에 대명제를 흔드는 생각으로 이어 가진 말자. 모든 부부에게는 다툼과 문제가 있다.

나의 연약함으로 상대방을 공격한다. 이상하게, 그 공격은 그 형태 그대로 나에게 돌아올 때가 있다. 나의 연약함은 상대방의 연약함과 다르게 내게 정타로 다가온다. 그래서 다툼이 커지게 되는 것이다. 예를 들어, 나는 정색을 하며 그 사람에게 짜증을 냈다. 나중에 상대방도 나에게 무슨 일이 있어서 정색을 하며 나에게 짜증을 낸다. 감정관리가 잘 안 되고, 예민한 것은 나의 연약함이기에, 돌려받은 그 정색은 나의 연약함과 맞물려서 타격이 엄청 크다. 상대방은 똑같이 돌려준 것밖에 없다. 하지만 나의 연약함에 대한 타격감은 내가 제일 크게 느끼는데, 나의 연약함이 내게 부메랑이 되어 돌아오니 나는 너무 힘든 것이다. 상대방은 그냥 한 대로 되돌려 준 것 뿐인데 말이다. 그래서 먼저 상처 준 사람이 더 힘들 수 있다.

　부부 사이에 다투면 저 사람과 앞으로 함께 할 미래, 지금 함께 사는 현재, 결혼 전 배우자를 만난 그 시절까지 모두가 싫고 후회된다. 그렇기에 서로에게 미래, 현재, 과거에 대한 재해석을 한다. 평소 분명 사랑한다고 했는데, 싸울 때는 그렇지 않다. 사랑할 땐 모든 게 사랑스럽게, 장밋빛으로 반응된다. 부족함과 연약함까지도 사랑스럽다. 싸울 땐 그 반대이다. 모든 것들이 미움, 싫음이다. 즉 싸울 때는 잿빛으로 해석된다. 싫은 부분만 기억난다. 좋은 부분도 나쁘게 해석되기도 한다. 우리는 싸울 때 기억하자. '저 사람이 나를 사랑한다'라는 변하지 않는 진리를.

　아내가 내게 그랬다.

　우리가 싸울 때에
　내가 자기를 사랑한다는 것, 기억해 줘.
　그냥 쟤 또 시작이다, 그렇게 생각해 줘.

결혼을 하고 보니

안 싸우는 게 사랑이라기보다

싸울 수도 있다는 것을, 이해하는 게 사랑이겠다고 생각했다.

무엇을 더 해 주는 것도 사랑이지만

그냥 '저 사람의 어떠한 모습도 내가 시시비비를 가리지 않고, 그냥 받아들이는 것, 정말 깊은 사랑이구나' 생각했다.

결혼해서 정말 저 사람이 나를 사랑한다면, 나에게 저런 말을 할 수 없어. 나에게 저런 행동을 할 수 없어. 저 말과 행동을 한다는 것은 나를 사랑하지 않는 것이 분명해. 아니 결혼 자체를 원하지 않는데 결혼을 해서 그런가? 스스로 배우자의 말과 행동으로 그런 결론들을 내 버린다.

결혼해서 밀도 있는 2~3년을 보내다 보면, 그 생각의 껍데기들이 상대방에 대한 나의 해석이라는 것들이 하나씩 깨달아지기 시작한다. 내가 갖고 있는 상대방의 생각과 다른 나의 생각의 껍데기가 하나씩 벗겨지기 시작한다. 서로 사랑으로 만나 결혼한 부부는 생각 껍데기가 벗겨지고, 껍데기가 깨지면서 서로의 알맹이를 보게 되는 경험을 하게 될 것이다.

기억하자. 껍데기 사랑이 아니라 알맹이 사랑으로. 그리고 그 알맹이 사랑을 만나기까지 인내해야 함을.

여자들이 원하는 배우자

시험, 취업은 시간과 에너지를 들여 1순위로 놓고 준비한다. 하지만 연애와 결혼에 대해서는 공부나 대비를 하지 않는 경우가 많다.

내가 열심히 준비하는 것 외에도 상대방의 동의가 있어야 하는 상호합의하에 이루어지는 것인데, 우리는 많이 준비의 중요성에 대해 간과하기도 하는 것 같다.

연애의 경우, 좋은 사람을 만나기 위해 나의 가치를 높이는 것 같다.

능력을 키우는 것은 정말 필요한 것 같다.

나와 어울리게 외모를 깔끔하게 가꾸는 것도 필요한 것 같다.

내면을 가꾸면서 나의 내면을 준비시켜야 하며 나의 강점을 부각시키고, 나의 연약함을 보완할 수 있는 상대를 본능적으로 찾게 되는 것 같다.

배우자를 볼 때 여자들은 남자들의 능력을 거의 1~2순위로 보는 이유는 무엇일까? 그것은 여자들의 세속적인 모습, 결혼해서 팔자 고치고자 함이 아님을 기억하면 좋겠다.

여자들은 결혼해서 안정감을 누리길 원한다. 남자의 능력은 삶의 여러 외부적 불안요소를 걸러지게 할 수도 있다.

남자들은 기억하자. 남자의 능력과 집과 차의 소유, 월급, 깔끔한 자기관리 등의 외부적 요인들은 여자들이 원하는 안정감을 불러일으키는 요소들이다. 안정감을 불러오는 것은 서로 대화가 잘되는 것, 내 여자 배려와 센스, 넓은 마음의 이해도, 신뢰감, 교만하지 않은 성숙함, 낮지 않은 자존감, 남자로의 책임감과 열심 그리고 듬직함, 어떤 경우에도 이 여자만을 사랑하겠다는 강한 의지와 어필. 이것은 남자들이 여성들을 만나기 위한 준비과정들이다.

🌾 부부 사이에서 발생하는 문제

〈인생 감정쇼 얼마예요〉 프로그램을 보면 부부 사이의 보편적 문제에 대해서 실제적으로 이해하는 데 도움이 많이 된다. 부부 사이에서는 감정기복 부분, 서로 상처가 되는 말과 행동들, 괜한 이성에 대한 사소한 질투, 누구다 맞닥뜨리는 시댁 문제, 재정 문제, 집안일 문제, 서로 이해 안 가는 말과 행동들에 대한 문제 등 부부라면 일어날 수 있는 공통적인 문제들을 보며 많은 공감이 된다.

이 프로그램을 보며, 많은 부부들이 저렇게 사는구나 하고 우리 부부 사이 관계적 이해의 폭이 정말 넓어진다고 해야 할까. 나 또한 시골 유교문화에 가부장적인 분위기에서 자랐기 때문에, 결혼 후에도 부모의 입장에서 생각한 점이 많았다. 나보다, 우리 가정보다, 부모를 우선순위로 두는 유교 주의적 생각을 가지고 있었다는 것을 리얼 토크쇼와 인터넷 강의 영상들을 접하면서, '아, 이런 생각들은 유교주의적 생각이구나!'를 깨닫게 되었다.

부모라는 포지션에서는 결혼 후에도 자녀에게 더 잦은 연락과 접촉을 원하는 것이 여전히 느껴졌다. 물론 부모를 여전히 사랑하지만, 결혼 후에도 부모의 필요를 하나하나 채워주는 것은 건강한 관계가 되지 못한다는 것을 깨달았다. 부모의 안부가 걱정되기도 하지만, 그것에 집중하는 것은 필요 이상이라는 것도 알게 되었다. 부모의 건강과 재정상태가 내가 보기에 다소 불안해 보여도, 부모님이 서로 의지하며 상황을 잘 극복할 수 있도록 맡기는 것도 용기라는 생각이 들었다. 결혼을 준비하는 연인들에게 결혼예비학교를 꼭 권하고 싶다. 나는 결혼예비학교를 안 들어도 된다고 생각하고 결혼했는데, 하나하나 맞이하며 배우느라 에너지가 많이 들었다. 내가 어느 정도 알고, 준비가 된 줄로 착각한 것. 나의 교만과 무지를 깨닫는 시간들이었다.

부모가 당장 서운할 수 있을지라도 그 서운함에 일일이 반응할 수 없다는 것을 인정하는 것. 나의 신념과 당위성들을 내려놓고, 내가 부모의 요구를 다 들어줄 수 없다는 것을 인정할 때 새로운 시각이 조금씩 열리기 시작할 것이다.

🌸 우리가 사랑하는 연인(부부) 사이라면

나의 말이 상대방에게 어려움이 되진 않은지 돌아보는 것은 사랑하는 사이에 필수덕목인 것 같다. 나도 많은 대학교 선후배 사이에 온유한 동생, 친절하고 재미있는 형, 오빠로 지내왔다. 하지만 아내와 교제를 하면서 내가 타인을 불편하게 하는 지점들이 내가 생각한 것보다 많이 있다는 것을 알게 되었고, 친밀한 동역자(형제)들에게 물어 보니, 그들은 이미 나의 어떠함으로 인해 불편함을 느끼고 있었는데, 그냥 넘어 갔다고 이야기해 줘서 스스로 좀 놀랐던 시간들이 있었다.

동시에 상대의 말 하나하나에 내가 오해하거나 믿지 못하 거나, 상처받고 있진 않은지 내 스스로를 돌아보면 좋겠다. 이왕이면 글로 쓰면서. (나만의 온라인 공간도 좋다.)

이 통찰의 작업을 해야 하는 이유는 내가 상대방에게 상처 주지 않을 수 있고, 나의 내면의 어떠함 때문에 상대방에게 상처받지 않을 수 있기 때문일 것이다. 사랑하는 사이는 살 갗이 매우 여려서 조심히 다루어 줘야 하기에. 우린 서로 사 랑하니까.

🎇 여자란 사람 이해하기

여자는 왠지 남자의 이해를 받기 원하는 경향성이 있는 것 같다. 하지만 여자를 정말 많이 아는 남자 외에는 대부분 그 것을 깊이 이해하지 못한다.

여자란 원래 이런 동물인 듯하다. 여자는 남자에게 '나는 원래 누구를 만나든 이런 성향이다'라는 메시지를 지속적으 로 이야기할 필요가 있다. 어떤 남자는 내가 못나서 내 여자가 나에게 이렇게 대한다고 오해할 수 있기 때문이다.

나는 내 남친(남편)에게 나의 예민한 부분에 대해서, 여자의 호르몬 변화 주기에 대해서, 그것에 대한 이해와 양해를 구해 본 적이 있는가? 내 남자와 다투는 부분의 지점은 어느 부분일까? 내가 내 남자의 어느 부분을 자극했고 남자는 어떤 부분을 어려워하는 것일까? 나는 앞으로 내 남자에게 말과 행동을 어떻게 하면 서로의 사이가 더 부드러워질까?

🌸 30~40대 남자 그리고 여자

남자는 결혼해서 변하지 않으면 같이 못산다. 무의식중에 내가 어릴 적 본 대상을 닮아서 살게 된다. 남자는 문제의식을 못하고 사는 경우가 많다. 여자들은 대부분 남자보다 예민하기 때문에 연애 때는 몰랐던 나의 남편의 모습을, 살면서 많이 느낄 수 있다. 여자는 그 부분이 불편하여 표현하는 수가 많은데, 그때 남자가 받아들이지 못하면 여자는 너무 속상하고 답답해할 수 있다. 남자는 보통 어릴 적 아비의 모습을 무의식에 본인도 모르게 탑재하게 된다. 어릴 적 보았던 비슷한 방식으로 돈을 벌게 되며, 아버지가 어머니를 대하는 비슷한 방식으로 내 여자를 대하게 될 수 있다. 집에 있을 때 모습도 비슷하게 될 수도 있다.

특히, 내가 상황이 나의 뜻대로 되지 않을 때 부정적인 부분의 모습들이 나올 수 있게 될 수 있다. 결혼하며 살면서 그 모습이 천천히 나온다. 남자는 그 부분을 인정을 빠르게 해야 한다. 나는 부모와 어떤 일정 부분 다른 삶을 살기로 작정하고, 결정하고, 결단했어도, 그 부분은 나올 수 있다. 내가 닮은 좋은 부분은 장점으로 기능할 수 있도록 잘 이어 가면 좋겠다. 부정적인 부분은 답습되지 않도록 잘 원인을 살펴보고, 나에게 무의식적으로 적용되어 발현되지 않도록 끊어내는 시점이 지금 이 순간이었으면 좋겠다. 빠르면 빠를수록 좋겠다.
가장 가까운 사람이 얘기해 주는 내가 상대를 불편하게 하는 모습은 어떤 모습일까?

게으름, 교만, 비난, 거짓말, 분노 등 이러한 모습은 누구에게, 언제, 어떻게 영향을 받았는지 생각해 보자.

🎇 서로의 상처에 발을 담그다

내가 상처가 있는 상태에서 사랑하는 사람과 깊은 교제를 하면 그 상처가 상대에게 영향이 가는 걸 본다. 상대의 상처를 품어 줄 수 있는 게 사랑이라는 것을 모르는 사람은 없다. 하지만 서로를 알기 전에 있던 연약함으로 인해 서로를 품기 쉽지 않다. 여자는 기본적으로 남자보다 예민하고 민감한 경우가 많다. 호르몬의 변화도 한몫을 한다. 짜증을 컨트롤할 힘, 상황을 견딜 수 있는 정신력, 눈물을 참을 수 있는 인내력이 남자보다 약할 수도 있다.

감정에 타격이 있는 상황에서 남자는 무조건적으로 참지 말고 표현하되 과격한 표현은 그 의도를 벗어나 또 다른 상처를 만들기에 되도록 안 해 보는 것은 어떨까. 결혼하여 배우자와 깊어지면서 서로의 보호막과 방어벽이 스르르 열린다. 작은 것에도 감동이고, 작은 것에도 상처받기 시작하는 것. 서로를 사랑한다는 것은 서로의 상처에 발을 담그는 것.

여자들이 남자에게 투덜대는 것은 세상에서 썼던 가면을 다 벗고, 그 사람을 믿고, 의지하기에 나오는 반응이라는 말을 믿는가? 여자는 결혼할 정도의 확신이 있는 사랑하는 자기 남자에게 어디서도 볼 수 없는 애교와 어디서도 볼 수 없는 감정기복을 보일 수 있다는 것을 남자들이 얼마나 알고 있을까?

누구를 만나든 나의 내면을 사로잡고 있는 비교의식, 열등감, 낮은 자존감은 상대방에게 마음을 열면 열수록 그 사람에게 투영되어 나오게 되는 것 같다.

그 내면의 사슬은 세상을 왜곡시키고, 사랑하는 사람을 왜곡시키고, 나를 왜곡시킨다.

문제는 그 사슬의 옷은 내게 나도 모르게 입혀진 옷이라서 그 옷을 내가 입고 있는지조차 모르는 경우가 상당히 많다. 그 옷이 언제부터, 누구로부터 입혀진 옷인지 생각해 보면 하나씩 벗게 되면서 원래의 진짜 나와 마주하게 된다. 그 옷을 벗지 않으면 계속 힘들다.

지금 아내는 엄마와 반대.

지금 남편은 아빠와 반대.

배우자는 나와 반대.

무의식적 배우자 선택 공식이구나.

2.
불안 9시간

🌼 내가 관계에서 정서가 우울해지는 이유(내 정서 침체 패턴)

내가 상대방과 대화하며 마음이 서운하고 상하는 지점이 어떤 지점인지 잘 살펴본 적이 있는가? 내가 약하다고 믿는 부분이 상하는 경우가 대부분인 것을 보게 될 것이다. 열등감의 정의는 자신이 남보다 못하거나 부족하다는 생각에서 오는 느낌이다. 신체적, 심리적, 사회적, 조건적 등 다양한 부분에서 나타날 수 있는 것 같다. 나의 경험상 열등감은 어릴 적 부모로부터 거의 대부분이 형성되는 것 같고, 성인이 되어 극복할 수 있으나, 극복하기는 간단한 문제는 아닌 것 같다. 위의 열등감의 정의에서도 나왔지만, 열등감은 사실이 아니라 자신이 느끼는 느낌이다. 상대방의 말과 의도는 그게 아닌데, 내 스스로 나의 약한 부분 때문에 저렇게 나에게 거절하는 느낌을 주는 것이다 생각하는 것. 그 생각의 소설은 내가 아닌 나의 누군가가 지금도 쓰고 있다.

　자동적 사고는 그 사람과 오고 갔던 몇 가지 단어들을 따로 떼어 조합하여 내 나름의 부정적 시나리오를 만들어 간다. 나의 열등감으로 스케치하고, 열등감의 스케치를 부정적 사실로 색깔들을 채워 나간다. 사실을 왜곡하고, 상황을 왜곡하고, 그 사람을 왜곡하여 전혀 다른 작품이 탄생된다.

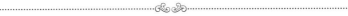

나의 열등감의 색깔을 나타내게 하는 자동적 사고는 무엇인지 나열해 보자. 그것은 사실이 아니라 내가 갖는 느낌이다. 그 느낌을 전환하기 위해 이번 주 내가 당장 할 일은 무엇인지 적어 보자.

🌢 무미건조

내게 학습코칭 받는 중1 남학생이 있다. 매주 토요일마다 2

시간씩 나와 만난다. 그 학생은 금요일과 토요일에는 새벽 3시에 잔다고 내게 기뻐하며 말했다. 그리고 짜릿함(감흥)은 토요일 밤보다 금요일 밤이 더하다고 이야기해 주었다. 그 이유에 대해서도 이야기해 주었는데, 금요일까지 학교와 학원, 해야 할 과제에 몰입하다가 금요일 저녁부터 맞이하게 되는 해방감 때문이라고 이야기해 주었다. 그 해방감의 표현을 짜릿함이라고 이야기한 것 같고, 기쁨, 자유의 느낌 같아 보였다.

나는 자유는 질서가 있기 때문에 주어진다고 생각한다. 내가 하고 싶은 것을 할 때도 일시적 자유를 느낄 수는 있다. 하지만 내가 일주일, 한 달, 세 달, 그 이상 내가 하고 싶은 것만 했을 때 그 자유는 지속적이지 않고, 불안과 염려와 심지어 마음의 불편함 혹은 죄책감을 동반할 수도 있을 것이다. 내가 해야 할 것들을 수행하고, 주어지는 쉼과 자유를 충분히 누릴 때 신체적, 정서적 자유를 누리는 게 아닐까?

내가 지금 하고 싶지 않지만 해야 할 일이나 공부를 하고 있지 않은데 자유롭지 않다면, 그 이유는 무엇일까? 내가 하고 싶지 않지만 해야 할 것들 3가지는 무엇일까?

🌸 나를 숨 쉬게 하네

지나친 사랑의 간섭보다 방치하고 거리감을 두는 게 아이들에게 더 나을 수 있다. 사랑한다는 말 아래 간섭을 통해 나의 다듬어지지 않은 쓴 뿌리가 아이에게로 간다.

내 아이는 틱 장애, 분노, 우울증, 공황장애, 불안장애, 분열증, 극단적 행동 등의 증상으로 나의 사랑의 간섭에 보답한다.

🌸 살면서 정말 어려운 것

세상이 갈수록 살기 어려워지는 것 같다. 무엇이 어려울까? 여러 가지 이유가 있지만 우선 마음이 어려운 경우가 많은 것 같다. 물질적 어려움과 더불어 마음이 병들어 가고 있다. 세상이 급변하면서 인생의 가치가 다양해지고 있다. 나의 방향과 목표가 상실되어 가고 있다. 우울증, 공황장애의 수가 갈수록 늘어나고 있다. 증가의 원인에는 사회구조적 상황도 있지만 내면의 불안감에서 오는 개인적 반응이 우울감이나 공황장애 등으로 이어지는 경우도 많이 생기고 있다.

지금의 내 의식과 성격은 어릴 때 부모로부터 영향을

100% 받는다.

나의 지금 마음의 병을 보려면 부모를 보면 답이 보이게 된다. 시간은 돌릴 수 없지만, 바꿀 수 있는 시간은 충분히 있다. 그리고 정말 중요한 것은 어릴 적 영향을 받지 않은 사람은 없다는 것! 그 이유는 누구나 어린 시절이 있고, 그 어린 시절을 키워 준 사람이 있다. 키워 준 사람이 부모든, 다른 양육자든 그 대상은 꼭 있다는 것.

양육자(대부분 부모)로부터 사랑을 받을 수도 있고, 상처를 받을 수도 있고, 결핍을 느낄 수도 있는 것이다.

우리 부모는 그들의 부모에게도 똑같은 경우로 사랑, 상처, 결핍의 영향을 받았을 가능성이 높다.

세상을 살면서 무엇보다 나를 제대로 알아야, 나에게 큰 영향을 준 뿌리, 그 원인을 찾고, 내가 틀어진 사고를 하지 않고, 객관적인 사고를 할 수 있다. 나의 병든 부분들 상처들, 왜곡된 생각을 심층적으로 직면해야 나의 어떠함에도 걸려 넘어지지 않고, 내가 생각하는 것들을 행복하게 도전할 수 있을 것 같다. **나의 부모를 잘 파악하고, 부모로부터 영향받은 부분들을 잘 벗겨내고, 원래의 건강한 나를 찾아가는 여행을 떠나야 한다.**

코칭 여행을 하면서

이 코칭 여행은 실제 우리 삶의

가늘고 긴 상황들에 구체적으로 적용되고

여러 가지 해결 방안을 제시해 줄 것이다.

그럼 잔잔한 음악과 노을을 바라보며,

그다음 코칭 여행지로 떠나 볼까?

🌼 곪은 상처

내 안에 상처의 골이 깊으면 깊을수록 상대방을 그 골의 깊이만큼 닮게 되는 것 같다. 썩어 있는 내면의 그 영역 안으로 상대방을 끌어들인다. 그래서 그 상대의 어떤 모습을 내 곪은 영역에서 버무려 버린다. 나는 어느덧 상대를 더럽히고 있고, 상대의 있는 모습 그대로가 아닌 내가 새롭게 상대를 바라보게 된다. 나의 곪은 모습으로 바라보는 상대의 모습이 얼마나 온전할 수 있을까. 곪은 상처를 짜내지 않으면 만나는 내내 고름이 나와 상대방의 사이를 고름범벅이 되게 할 것이다. 내가 곪아 있다는 사실을 인정하는 것. 상대방을 있는 모습 그대로 바라볼 수 있을 때까지 내 고름을 짜낼 수 있는 힘을 갖출 것.

🌼 내 자녀는 왜 힘들다고 할까

나는 10대들을 일대일로 주 2회씩 만나서 코칭한 적이 있다. 아주 가끔은 학교로 10대 청소년들을 만나러 갈 때도 있다. 특히, 일대일의 코칭을 통해 그들과 현장에서 만나 그들의 속 얘기를 들을 수 있는 기회가 정말 많았다. 코칭을 통해 가장 많이 학생들에게 들었던 말은 '너무 힘들다'였다. 무엇이 우리 아이를 너무 힘들게 했을까.

청소년들의 힘듦이 더 많이 들리는 것 같은 이 느낌은 뭘까?

아이들은 홀로 이 무게감을 감당해야 되는 것처럼 느껴질 수 있다. 일대일 코칭에서 아이들은 자유롭지 못해 힘들다는 얘기를 가장 많이 한다. 자유란 것은 인간이 가질 수 있는 정말 최상위 특권 중 하나이다. 어릴 적부터 자유가 보장되지 못한 부분은 어쩌면 감옥처럼 느껴질 수 있다. 자식에게 먹고 살 기회를 주기 위해서, 공부를 강하게 시키고, 훈육의 강도를 높인다. 자녀를 사랑해서 그렇다. 하지만 사랑이 다가 아니다. 내 것이라는 소유욕, 내가 못할 것을 자녀에게 실행, 나의 자녀의 성공으로 인한 빛을 보고 싶은 마음 조금, 타인들의 시선 조금. 나의 무엇이 내 자녀를 그렇게 잡게 만드는 것일까?

🌼 본능의 전환

습관적으로 돈을 많이 모으는 것, 생각 안 하고 열심히 해서 성공하려는 마음, 남을 이겨 보려는 마음, 더 많이 먹고 싶은 것, 한 번에 편하게 먹고 살려는 마음, 스마트 폰에 자동적으로 손이 가려는 것, 공부를 하려는 이유가 더 편하게 고생하지 않고 살고 싶은 마음들은 인간이라면 갖고 있는 마음들이 아닐까. 하지만 누구나 갖고 있는 마음일 수 있으나, 누구나 이 본능처럼 살지 않는 모습을 본다. 그것은 인간은 자각하는 존재이고, 통찰하는 존재이고, 성숙을 지향하는 존재이기 때문일 것이다.

인간이라면 누구나 있는 연약한 본능들, 탐심이나 두려움들이 인간의 마음의 중심을 권력이 몰려 있는 돈이라는 어느 한 곳에 머물게 하는 것 같다.

내 삶의 주체성을 잃어버리고, 타인에 대한 지나친 의식도 한몫을 하는 것 같다. 왜 남과 경쟁하려고 하는가. 왜 남을 이기려고 하는가. 남이 잘되는데 내 마음이 상하려고 하는가.

이런 마음의 본능과 같은 본능은 본능이 아닐 수 있다. 본능에 입혀진 그 무엇 때문에, 내가 마음이 힘들고, 지치고, 괴로울 수 있는 것 같다. 그 무엇을 통찰하는 성숙의 과정. 그 무엇을 내려놓는 인내의 과정들이 나에게 있을 때, 자유를 맛보기 시작할 수 있다.

🌟 삶의 걸림돌(불안과 두려움)

우리 내면의 거짓된 모습들이 우리 생각 안에서 우리를 무시하고 우리를 비웃는다. 넌 그것밖에 안 돼. 넌 지금처럼 하면 안 돼. 사람들은 널 무시할 거야. 사랑받기 위해 그리고 인정받기 위해 더 열심히 해야 돼. 넌 지금 불안하고 두려울 수밖에 없어. 넌 열등한 존재야. 넌 쓸모없는 존재야. 너의 미래는 불투명해.

그 사람은 널 사랑하지 않아. 이런 사실과 다른 내 안에서 올라오는 생각들은 우리의 연약함을 파고들며 우리의 마음과 생각을 타고 공격한다. 나를 괴롭히는 그런 생각들이 올라올 때마다 그것은 내 안에 생각이지 사실이 아니란 것을 기억해야 한다. 우리는 이런 것에 마음을 빼앗길 것이 아니라 이러한 생각과 마음을 통해 들어오는 것들이 무엇인지 파악하고 경로와 방법을 파악할 필요가 있다.

관계에서 내 마음이 힘들 때가 있을 것이다. 그것은 상대방의 문제라기보다 내 안에 어떠함 때문인 경우가 상당히 많다. 연인에서 또는 부부에서의 관계를 생각해 보자. 어느 한 부분, 어떤 말, 어떤 일 때문에 내가 정말 힘든 상태라면? 그것은 다른 사람을 만나도 아마 같은 부분으로 힘들 것이다.

상대가 바뀌어도 똑같은 힘든 문제가 발생할 수 있다는 말은 지금 힘듦의 이유가 나의 어떠함 때문이라는 말. 관계에서 힘들고 답답하고 어려운 부분이 생기고 있다면? 그것은 바로 나의 내면을 돌아볼 때가 아닐까. 나를 살피고 나의 어느 지점을 극복할 때 내면의 장애물을 넘고, 나를 넘을 수 있을 것이다. 모든 불안과 두려움은 타인이 주는 것이 아니라 내 안에서 비롯되고 있다는 사실을 아는 것.

사실과 다른 쓰레기 같은 생각은 우리 안에 머무르지 않고 쓰레기 봉지처럼 동네 이곳저곳을 떠돌아다니며 나의 생각과 내면을 더럽히고, 날 주저앉게 만든다. 평생 날 힘들게 만든 그 사람 탓을 하면서.

🌾 불안이 불안에게

불안은 불안을 만든다. 내가 불안을 느끼면 없던 불안도 만들어 낸다. 내가 불안을 붙잡고 있으면 삶의 모든 일이 불안을 제조하는 재료가 된다. 연락이 조금 늦거나, 반응이 평소와 다르면 불안을 나도 모르게 스스로 제조하기 시작한다. 불안할만해서 불안하기보다 내 안에 불안이 있으면 누구를 만나든 어떤 일이든 그것을 불안으로 반응한다. 불안은 외부 상황과 다른 내 안에 무엇인가로부터 시작된다. 내 안에 무언가를 들여다보면 좋겠다. 나의 무엇이 나를 불안으로 데리고 가는지.

✿ 의도적 균형

내가 가고 있는 길을 다양하게 보는 시야를 확보하는 게 중요한 것 같다.

질문하면서 그 표면적 의미를 벗겨 내고 나면 실제 정서 흐름이나 생각의 흐름을 읽을 수 있다.

부정적인 것에 대한 해석 및 반응은 편도체가 한다고 한다.

편도체로 인함인지 우리는 본능적 생존으로 인해 부정적 생각에 자동적으로 머물 때가 많다고 한 말이 기억이 난다. 그래서 불안해하고, 걱정하고, 염려하는 게 아닐까? 그래서 의도적 배회라는 말처럼 우리의 정서 상태를 의도적으로 좋은 기억, 감사했던 것들에 우리의 생각이 머무르는 시간을 가지면 좋겠다. 스스로 생각하는 것도 좋고, 상대방과 자기가 얘기하면서 긍정적인 감정과 기억들이 우리의 장기기억에 쌓이게 될 수 있는 것 같다.

부정적 생각에 오래 머물러 있게 되면, 그 생각에 잠기게 되고, 그 생각이 익숙해져서, 어떤 상황만 되면 부정적인 생각에 머물게 될 수 있다. 그 생각은 사실과 다르기에 빠르게 전환하거나, 그 생각이 외부의 문에서 불쑥 들어왔기에 묵상하지 말고, 다른 문으로 자연스레 나가도록 생각의 문을 열어두자. 열어둔 채로 내 할 일을 할 때 나도 모르게 그 생각은 바깥문으로 나가 있을 것이다.

🌸 관계 정리, 내면 정리

관계에서 누리는 것과 동시에 관계로서 내가 자유를 잃고 신경이 쓰일 때가 너무 많다.

관계에서 오는 행복의 양이 많다. 행복은 상태로 오는데 가족, 사랑, 우정의 경우가 참 많다. 결혼할 경우 신혼 때의 부부의 집중으로 인해 관계가 자연스레 정리된다. 두어 달이 지나고 결혼생활이 이제 안정기로 들어서게 되면 정말 남는 관계만 내게 남게 된다. 그것이 오히려 진짜 관계일 수 있다.

나 같은 경우에도 1,400명의 연락처 지인과 20여 개의 내가 속한 공식모임, 휴대폰 톡 방이 있었다. 휴대폰과 톡 아이디 계정 분실로 모든 연락처와 톡 방이 사라졌다. 100여 명의 연락처를 찾았는데 연락처 관계 정리는 1/10로 자연스레 정리가 되었다. 결혼 후에 정말 아내와 관계에서의 안정감 속에 나의 친밀한 모임은 3~4개로 줄었고 친밀한 관계는 10명 이하로 줄었다.

난 그들과 자주는 일주일에 몇 번 혹은 한 달에 2~3번 정도 연락을 주고받으며 밀도 있는 관계를 맺어 가고 있다. 전에 수백 명의 관계를 내가 신경 쓰며 유지했던 때랑은 참 많이 달랐다. 나의 에너지를 수백 명에서 10명 이하로 줄이니 당연히 밀도도 훨씬 높아지고 관계의 친밀성 부분도 더 높아졌다. 수많은 관계가 정리되니, 나의 내면도 정리되는 느낌이었다.

🌸 자동적 사고

내가 내면이 불안한 사람이라면 그 일이 아니더라도 다른 에피소드를 찾는다. 에피소드를 찾아내어 내 불안을 거기에 가둔다. 그리고 그 불안한 탓을 거기서 찾는다. 어떻게든 불안을 집어넣을 사건들을 본능적으로 찾는 것이다. 내가 지금 불안한데, 그 불안의 재료가 있어야 내 불안이 정당화되기 때문에. 만약 그런 재료의 에피소드가 없다면 추측과 상상으로 내 거짓된 신념을 버무려 없던 에피소드를 만들어 버린다.

내 추측이 관계를 망치고 또 나를 망친다.
내 추측은 상대방의 어떠함이 아닌 나만의 인식으로 만들어낸 것이기 때문에. 상대방이 내가 생각한 것과 다르게 생각한 것을 알아도, 심지어 다르게 생각했다고 입 밖으로 말을 해도 그 말보다 내 추측을 믿는다.

잡초를 관리하지 않으면 땅에 잡초가 더 깊게 자리 잡듯이, 추측의 자동적 사고를 스스로 관리하지 않으면 나의 삶은 고통에서 벗어날 수 없고, 점점 더 고립될지 모른다.

상대방이 나에 대해 예쁘다고 해도, 똑똑하다고 해도, 내가 생각한 나의 못생김과 무능함이 나를 지배한다. 내가 키가 '너무 작다'라는 생각이 있고 그래서 나는 실패자다란 자동적 사고에 사로잡히면 어떻게 될까. 소개팅에 나가서 실패한 이유, 취업에 실패한 이유, 내가 인기가 없는 이유를 '내가 키가 작아서 그렇다'의 원인으로 신념화한다. 사실 '키가 작다'라는 사실보다, 내가 스스로 키가 작다고 생각하는 그것에 위축되며, 그것을 실패의 원인으로 합리화해 버리는 사고구조이다. 내가 존재로 실패자라는 사실을 인정하지 않기 위해서. 나의 현재 상황에 대한 원인을 과거에서 찾는 것일 수 있다. 결국 내가 나를 어떻게 생각하는가로 인식된 사고가 나의 신념이 되기에, 나의 그 자동적 사고를 지금 상담이나 코칭을 통해 바로 점검 받아 보면 어떨까?

불안은 실재가 아니라, 나의 해석이다.

불안은 상대방의 말과 행동 때문이 아니라,

내 안에 생각과 추측이다.

불안은 실제 사실이 아니라,

내 생각의 연약함으로 피어난 허상이다.

그 사람을 그렇게 생각하는 것,

내가 너무 지치고 힘든 것,

내가 불안의 옷을 입고 있을 때 그렇다.

3.
자존감 스터디

🌼 트라우마의 생성

다섯 살 아들에게 부모는 목소리를 높인다.

"그거 만지지 말랬지. 그 유리 만져서 떨어뜨리면 어쩌려고 그래. 제발 말 좀 들어! (유리컵을 빼앗으며) 당장 방에 들어가 있어!"

아이는 왜 혼났는지, 무엇을 잘못했고, 무엇을 고쳐야 하는지 배우지 못한 채 먹먹한 가슴으로 방에 홀로 남겨져 있다. 아들은 그릇을 볼 때 혼났던 기억이 떠오른다.

부모는 아이를 혼내려고 한 게 아니다. 아이가 다칠까 봐 걱정되고, 아이를 사랑하는 마음에서 한 말이다. 하지만 아이는 상처를 입고, 아픈 기억이 생기고, 부모가 너무 싫어진다.

🌸 꼬임 이론

내 주위에 남자가 늘 꼬인다. 하지만 정식으로 사귀지 않
게 되는 수많은 관계들. 혹시 매력으로 착각하는 사람이 있
는 것 같다. 내가 예쁘고 가만히 있는데 남자들이 꼬이지 않
는다. 점검하자. 나의 옷차림, 단호하지 않은 나의 말투, 나
의 눈빛, 나의 외로움, 나의 공허함, 나의 내면. 주변에 사람
들이 꼬인다. 나를 찾는 사람들이 많고, 교회나 직장에서 나
를 항상 찾는다. 나와 함께 일하고 싶어 한다. 내게 평범한
이성들을 소개팅 시켜 주겠다고 난리다. 심지어 내게 더 많
은 교회사역이나 신학에 대한 제안을 자주한다. 내가 확실한
의사표현을 못하고, 거절하지 못하는 사람이라는 것, 내게
뚜렷한 직장이 없다는 사실을 그들이 알고 있다. **내게 연락
이 많이 온다는 것은, 내가 먼저 그들에게 연락을 했던
것에 대한 반응이라는 사실.**

🌱 채워지지 않는 것이 있다

인정받고 싶은 마음은 끝이 없는 것 같다. 내 삶을 타인과 비교하는 마음도 마찬가지인 것 같다.

우리는 여전히 성취와 도달에 집중한다. 그 도달은 일시적인 성취감을 주는 것이지, 그 상황에 대한 감사와 자유에 지속적으로 머물게 하진 못하는 것 같다.

인정받고 싶은 마음, 비교하는 마음, 더 갖고 싶은 마음, 쉬지 못하는 마음, 계속 일하지 않으면 내 존재가 없는 것 같아 더 달려야 될 것 같은 마음. 이 모든 것은 마음의 문제라는 것을 잊지 않았으면 좋겠다. 나는 무엇을 쫓아가고 있고, 어떠한 마음으로 인생의 길을 걸어가고 있는가.

내면을 통찰해 나간 사람은 욕망을 좇지 않고 정말 가치 있고 소중한 것을 찾아 인생을 설계하고 행동하며 나아간다.

30~40대 한창 때에 물질의 성공을 소중한 시간과 가치들과 맞바꾸지 않는 삶! 성공 자체만을 좇는 신기루에 내 삶을 바치지 않길. 신기루 뒤에 있는 정말 가치를 볼 수 있는 시야가 우리 모두에게 있길 소망한다.

✤ 열등과 교만 사이

내가 열등에 잠기면 타인에게 집착하기 시작한다. 타인의 과거에서부터 지금 하는 행동 하나하나가 내가 더욱 열등해지게 만드는 재료들이 된다. 그 열등은 미래에 대한 불안도 야기시킨다. 나의 열등은 상대에 대한 과거에 집착, 미래에 불안으로 현재를 현재답게 살지 못하게 한다. 얼마나 불행한가.

지금 누릴 수 있는 관계를 감각하지 못하고 과거를 감각하고, 미래를 걱정하게 만드는 내 안의 열등, 열등은 조금씩 나의 내면을 갉아먹어 스스로 지치게 만드는 벌레이다. 내가 교만에 빠지게 되면 타인에게 소홀하기 시작한다. 내 스스로 잘났고, 인기 있다고 믿기 때문에 상대에 대한 애착이 줄어든다. 심지어는 상대방에 대한 집중에서 타인의 여러 시선들로 에너지가 분산되고, 그 시선과 인기에 집중하기 시작한다.

교만은 그 대상에서부터 자기 자신을 멀어지게 만든다. 극한 상황에서는 그 사람이 아니어도 난 사랑과 관심을 받을 수 있다는 큰 착각에 빠지게 하며, 그 사람과 어려움이 있을 때에 애쓰거나 인내하지 않게 만드는 교만 벌레이다. 열등과 교만 모두 사실이 아닌 착각의 늪이며, 내면의 병이다.

··· ❧❧ ···

내 안의 열등한 부분, 내 안의 교만한 부분은 어느 영역일까? 신뢰
하는 관계 안에서 서로 피드백을 주고 받으며 그 피드백을 토대로
내 열등과 교만을 교정해 보자.

···

🌻 착각의 안경

내 안에 신념이 강할수록 내 중심으로 상대방을 생각할 수
있다. 나의 1순위 신념이 다른 사람은 1순위가 아닐 수 있다.
내가 꼭 맞고 중요하게 생각하는 관념이나 신념이 상대방은
아닐 수 있다. 나의 신념이 정말 보편적인 생각일 수 있어도
상대방은 아닐 수 있다. 내가 생각하는 게 정말 맞고 합리적
인 것 같아도 상대방은 생각이 다를 수 있다.

내가 틀릴 수도 있다는 생각을 해야 한다. 착각은 부모님
의 생각이 무의식적으로 내게 심겨진 것일 확률이 높다. '저
사람이 저렇게 말하는 것은 나를 싫어해서 그러는 것이 분명

해'라는 생각은 내 스스로의 생각이 아닐 수 있다. 저 사람의 원래 표현 스타일, 궁금해서 물어본 것이, 나의 신념의 해석은 저 사람은 나를 싫어한다고 해석해 버리는 착각.

'내가 꼭 맞을 것이다'라는 생각이 확고할수록, 나는 타인의 심판자이고, 나의 교만이 나를 더욱 외롭게 만든다.

'내가 맞다'는 생각이 강할수록 나도 모르게 스스로 나의 목을 조이게 되는 것이다. 타인에게 통제의 옷을 입혔던 것을 벗고, 착각과 착시의 안경을 벗자. 내가 기준을 세우며 힘 주고 살았던 선입견으로 삶을 판단했던 하나하나를 벗어 내려놔 보면 어떨까. 세상이 달라 보일 것 같다. 그 익숙하고 내 신체의 일부가 되어 버린 안경을 벗어도 어떻게 되지 않는다는 걸 말해 주고 싶다. 정말 사실을 사실로 바라보는 시각이 생긴다. 내가 나도 모르게 낀 착시안경을 벗을 때 본질을 본다. 그러면 내 옆에 있는 소중한 그 사람이 이전과 같지 않을 것이다.

✤ 거절감의 상대적 반응

밤늦게 집에 들어왔는데, 아내가 냉랭한 표정으로 진지하

게 살림을 하고 있다. 내가 밖에 나갔다 들어오면 당연 반갑
게 웃으며, "다녀왔어요? 여보 보고 싶었어요."와 같은 이런
말을 들어야 되는데, 인사 없이 설거지만 하고 있는 아내를
보며 나는 거절감을 느낀다. 아내는 그때 생글생글하지 않
고, 차분하고 진지하게 살림을 하고, 인사를 하지 않았을 뿐
이다.

아내의 반응에 따라 나만의 부정적 의미를 두고, 거절감,
상실감, 패배감에 빠진다면, 관계의 경계선을 아직 모르거나
내면의 수리가 필요한 것으로 보인다.

그냥 물 흐르듯이 두면 좋을 것 같다. 내가 이렇게 해야 된
다는 생각이 강할수록, 화도 많이 나고 거절감도, 상처도 많
이 받는다. 이럴 수도 있고 저럴 수도 있다. 나의 생각으로
상대를 가두지 않았으면 좋겠다. 저런 상황에서 나도 침울하
니까 상대도 침울할 거야. 저런 상황에서 나는 꼭 무슨 일이
있을 때, '저렇기에 상대도 그럴 것이다'라고 생각한다면 오
해와 다툼이 생길 수 있는 것 같다.

아내는 내가 생각한 그것이 아닐 수 있는 확률이 높다. 내
가 이 상황이 싫거나 이 상황이 불안해서 얼른 관계를 내식

으로 원만하게 하려고 다가가지 말고 그냥 두는 것. 그것이
배려 아닐까?

🌸 자존감의 높낮음

자존감은 영역은 한 가지가 아니며, 자존감의 수치는
살면서 올라가거나 내려갈 수 있다.
자존감은 하나가 아니다. 자존감의 영역은 수 가지이
다.
기술, 외모, 성품, 신앙, 지혜 등등이다.
어릴 적 환경으로부터 비난을 받거나 결핍이 있는 부분에
자존감이 낮아질 수 있다. 어릴 땐 자아가 형성되기 전이기
때문에 작은 행동이나, 말 등의 반복은 지금의 자존감을 형
성했을 수 있다.

'자존감이 낮다'라는 말을 흔히 많이 한다. '자존감이 낮다'
라는 것은 '자존감이 낮아졌다'라는 표현이 더 정확할 수 있
겠다. 자존감이 낮아졌다는 이야기는 이전에는 지금보다 높
았는데 어떤 이유로 인해 낮아진 것이다. 그리고 자존감이
낮아졌다는 이야기는 다시 높아질 수도 있다는 것!

외모에 대한 자존감이 낮다면, 재정과 시간을 투자하여 나를 꾸미고, 살을 빼고, 옷을 갖춰서 입자. 여자는 여성스럽게, 남자는 깔끔하게. 미용실에서 상담 받고 머리스타일을 바꾸자. 피부숍에 가서 피부 관리를 받고, 화장품을 사용하자. 지인들에게 밥을 사고 옷가게에서 내게 어울리는 옷을 골라달라고 하자. 키에 대한 콤플렉스는 남녀 불문하고 ㎝를 높여 지금과는 다른 층의 공기를 경험하도록 하자. 사람들의 시선, 주위의 반응도 달라지겠지만, 무엇보다 내 스스로 외모에 대한 자존감이 올라가는 것을 꼭 경험할 것이다.

외모에 관한 자존감이 올라갔다고, 다른 능력이나 기타 자존감이 올라가는 것은 아니다. 내가 의사면허자격증을 갖고 있다면, 능력에 대한 자존감은 높을 수도 있다. 그 의사면허증을 따기 위해 내가 시간을 내고, 에너지를 들여서 그것에 올인 하는 것처럼, 외모에 대한 자존감도 높이려면 시간과 에너지와 재정과 전문가의 도움을 받는 수고가 필요한 것이다.

능력에 대한 자존감이 낮다면 3달간 내가 최고치의 급여를 벌어 보자. 아르바이트도 좋고, 어느 힘들어 보이는 직장에 들어가도 좋다. 정말 내 통장에 300만 원이 쌓이고 그것들을 넘어 계속 재정이 쌓여 갈 때 내가 돈을 못 번다는 낮은 자존 감이 점점 올라가는 것들을 느낄 것이다. 능력 중에서 회사 에서 많이 노출되는 컴퓨터 능력이 낮다고 생각한다면, 컴퓨 터 학원에 다니거나 재정이 허락하지 않으면 영상이나 블로 그를 통하여 한 달 시간을 잡고 하루에 1시간씩 엑셀이나 피 피티와 더불어 컴퓨터 시스템 전반에 대해서 공부하고 실습 해 보자. 그럼 컴퓨터를 다루는 능력에 대한 내 자존감이 올 라가는 것을 경험할 것이다.

기억하자. 나의 자존감은 낮아진 것이며, 낮아졌다는 것은 높일 수도 있다는 것.

───────────────── ❧❦ ─────────────────

나의 자존감 영역은 몇 가지로 구분할 수 있는가. 50이 평균이라고 했을 때 50보다 현저히 낮은 점수인 영역을 높이려면 무엇을, 어떻 게 개선하면 될까?

───────────────────────────────────────

🌸 여러 착각 속에 빠진 나

'내가 잘해야 사람들이 나를 인정할 것이다'라는 착각, 내가 꾸미지 않으면 상대방이 나를 싫어할 것이라는 착각, 저 사람이 내게 저런 말과 행동을 한 것은 '나를 좋아하지 않아서 그렇다'라는 착각, 사실과 다른 내 안에서 피어난 착각의 줄기들이 이젠 나를 괴롭힌다.

🌸 왜곡인지

남녀가 만나 사랑을 하고 만남이 시작될 때 어릴 적부터 뿌리 깊게 자란 왜곡인지가 스멀스멀 올라와서 서로의 목을 조금씩 조여 가기 시작한다.

내 안에 왜곡인지가 일어나지도 않은 일들을 그려 낸다. 연락이 안 되면 불안하고 다른 생각들이 찾아온다. 나를 사랑하지 않는다고 인지가 작동해 버린다. 내가 사랑하는 사람이 다른 처음 보는 사람들에게는 친절한데 나에게 그날 냉담했다고 해 보자.

나의 왜곡인지는 이렇게 작동한다. '나는 저 처음 보는 사람보다 못한 존재구나. 나에게는 저렇게 친절하게 대해 준 적이 없었는데. 저 사람의 무엇이 좋았을까?'라는 생각까지 왜곡해 버릴 수 있다.

상대방이 내게 익숙한 말투와 행동을 하지 않으면 '나를 무시하는 것이다', '나를 정말 사랑하는 게 아니야'라는 개념이 내 안에 왜곡인지로 자리 잡힌 것이다. 이런 인식을 개선하지 않고 상대방을 만나면, 사랑하는 데 어려움이 많이 따른다.

내가 현재 직업이 없다고, 상대방이 정말 나를 무시하고 있을까, 아니면 내가 상대방이 나를 무시한다고 생각하고 있는 것일까?

왜곡인지가 무서운 이유는 상대방을 내 틀어진 생각의 틀 안에 가두는 것이다. 내 스스로가 원래 세상이 아닌 내 안에 만들어진 왜곡인지 세상에 갇혀 사는 것이다. 왜곡인지를 갖고 있으면, 상대방과 싸우게 되고, 있지도 않은 생각을 만들어 상대방을 힘들게 한다. 하지만 제일 힘든 사람은 왜곡인지를 하고 있는 자기 자신이다.

🌱 나의 내면치유, 나의 성공

나는 성공할 수 없는 사람이야. 내 실력은 여기까지, 내 외모는 거기까지라고 생각하는 사람들도 있을 것이다. 더 변화되거나 더 성장시키려는 생각이 크지 않은 사람들. 하지만 실력이 없다고 해도 열심히 하면 없던 실력이 생긴다. 가난하지만 열심히 했을 때 가난이 극복되어 성공에 이른다. 내면도 원래 그 색이 아니라, 백지 상태에서 어릴 적 여러 가지 삶의 낙서로 인해 생긴 것. 지우개로, 하얀 색칠로 그 낙서들을 지울 수 있다. 그리고 아름다운 스케치와 색칠을 할 수도 있다. 다만, 실력의 증가와 성공처럼 시간과 노력이 필요하다. 나의 고통 받는 내면은 치유될 수 있고, 회복되고 극복될 수 있다. 30~40대면 굳어지기 전이다. 이제는 수십 년간 낙서를 놔둔 나의 내면에 이전과 다른 색을 칠해 보는 건 어떨까?

자존감이라는 것은 한 가지가 아니라,

영역별로 여러 가지가 있다.

나의 준비와 인식에 따라 자존감은 낮아지고,

높아지기도 한다.

내가 스스로 약하다고 생각할 때,

내 안에 열등감이 들어온다.

그때 상대방은 더 높아지고,

상대방이 미워지기 시작한다.

본질은 상대가 아니라 나에게 있다.

4.
오늘 나는
나를 만났다

🌾 나의 하루

의미를 못 찾는 걸까. 하루하루 낙이 없다. 그냥 마냥 힘들다. 집에서 쉬어도 힘들고 나가서 일을 해도 힘들다. 나는 사는 게 아니라 살아내는 하루하루를 보내는 것 같다. 깊은 한숨 속에 난 무엇을 보고 살아가야 하나. 막막하다. 그냥 너무 막막하다. 가끔은 그런 생각들 속에 여행이라도 가보고 싶은데 그럴 돈도, 여건도 나에겐 없는 실정이다.

내 삶이 언제쯤 바뀔까. 너무 오래간다. 언제쯤 이 터널 끝에 빛을 볼 수 있을까. 이젠 벗어나기보다 이 삶에 점점 익숙해져가는 것 같다. 돈에 대한 걱정, 결혼에 대한 걱정, 앞으로 내가 무엇을 하면서 살아가야 하는지에 대한 걱정, 혼자 있는 시간은 난 그렇게 점점 더 무력해진다. 사람들을 만나면 좀 나아지는데, 사람들을 만나기에도 돈과 에너지가 든다. 스스로 자제하게 된다. 난 원래 이렇게 고립을 좋아하는 사람이었나.

지금 이 상황에 대해 맞닥뜨리며 돌파하고 싶지 않다. 친한 친구는 나도 너무 힘든데, 기도하며 인내해야지 어쩌겠는가 하며 나에게 이야기해 준다. 참 마음에 와닿았다. 그러면서 생각이 든다. 아, 이렇게 많이들 힘들어하고 있구나. 나만 힘든 것이 아니구나. 힘든 건 어쩌면 당연한 건가 싶기도 하면서 약간의 위로를 받는다. 그리고 생각해 본다. 힘든 것도 정도와 단계가 있는 것인가, 언제까지 힘들어야 되는 걸까?

⋯⋯⋯⋯⋯⋯⋯⋯⋯⋯⋯⋯⋯⋯⋯⋯⋯⋯⋯⋯⋯⋯⋯⋯⋯⋯⋯⋯

나는 쉬어도, 일을 해도 왜 힘들까? 그 원인이 외부에 있을까? 내 안에 있을까?

⋯⋯⋯⋯⋯⋯⋯⋯⋯⋯⋯⋯⋯⋯⋯⋯⋯⋯⋯⋯⋯⋯⋯⋯⋯⋯⋯⋯

✸ 연약기반

<u>누구나 연약기반이 있고 그 연약기반은 사람마다 다 다르다.</u>

연약기반은 어릴 적 누적되어 온 상처나 결핍이나 경험을 통해 만들어진, 모두의 내면에 포진되어 있는 영역이다.

나의 어릴 적부터 경험되어 온 연약지점을 마주할 수 있는 용기가 있어야 한다.

보통 그 연약함을 마주할 힘이 없다. 거친 부분이고, 나의 연약함을 마주하기가 고통스럽기 때문이다. 내가 47세라고 한다면 연약 기반은 47년 동안 다루지 않은 채 굳어진 암석과 같다. 그래서 그 암석은 나도 모르는 사이에 조금씩 조금씩 단단해졌다. 연약함이지만 내가 인식하지 못한 사이에 단단한 돌이 되어 버린 것이다. 그 연약기반 암석은 나의 인식의 틀을 형성했다. 내 신념(도그마)을 형성하였다.

내 마음의 어두운 연약기반을 가지고 있는 채 평안과 자유가 없이 긍정을 외치면 내 내면의 뿌리는 점점 더 썩어져 갈 것이다. 이젠 그 외면의 행동을 멈추고 내면의 연약기반을 바라봐 주자. 그리고 잠시 돌아가 보자. 연약기반을 불러보자.

"연약기반아! 그동안 내 안에 같이 머물러 주었구나. 많이 힘들었지. 이젠 내가 무조건적으로 앞으로 나가지 않고, 너를 돌보며 살아보려 해. 두렵지만 낯설지만 그렇게 해 보려 해."

내 마음을 연약기반. 이제 그 연약함의 뿌리를 찾아 떠나 보려 한다.

🌻 연약함의 뿌리와 줄기와 잎

우리가 상대방을 파악하는 주된 관점은 나의 연약함으로 상대방을 빠르게 판단하는 것이다. 내가 이런 연약함의 생각을 하고 있기에 상대방도 그런 줄로 믿는다는 것이다.

하지만 남녀의 차이, 어릴 적 부모의 영향 차이, 개인의 연약함의 차이, 기질의 차이 등 수없이 많은 개인차가 있기 때문에 나와 상대방의 생각은 많이 다르다. 그 사람의 말과 행동, 쓴 글을 보고 나의 식대로 추측하고 판단하지 말 것. 그 글의 의미와 목적은 우리가 알 수 없다. 그리고 기억하자. 표현에 대해 내가 생각한 것과 상대방이 생각하는 것은 그 상황과 의미와 전달의 과정에서 엄청난 간극이 있다는 것을.

✺ 한 사람과 깊이 있는 관계

사람은 사회적 동물, 관계적인 본능이 있다고 한다면, 관계적 필요는 한 사람과는 안 되는 것일까? 내가 한 사람이 아닌 여러 사람, 그리고 점점 많은 사람과 나의 일상이나 연락, 만남을 원한다면 내면세계를 현미경으로 관찰해야 될지도 모르겠다. 관계의 결핍이 너무 커서 혼자 있지 못하는 존재. 관계의 어떠함으로 자신의 존재가 흔들리는 사람. 타인으로 인해 일희일비하는 삶.

✺ 보편적 퇴적 에너지

사람들에게 에너지가 축척되어 있다. 그래서 일정기간 쉬다가도 무언가를 하려고 하거나, 대학원에 도전하거나, 새로운 공부를 하거나, 친구들을 만나려고 한다. 사람들에게 기본적으로 깔린 퇴적 에너지가 주어지게 되는데, 이 퇴적 에너지의 선택이 우리의 삶의 색깔을 결정짓기도 한다. 내가 맺는 관계에 대해 살펴볼까. 주어진 퇴적 에너지를 어떤 이는 한 사람과 교제하며 깊이 있는 관계를 맺는 것을 선택하여 에너지를 사용하는 사람. 자유롭게 여행을 하며 여러 친구들 만나며 에너지를 사용하는 사람. 주말이면 사람들을 만나, 맛집을 가고, 좋은 곳에 놀러가며 에너지를 쓰는 사람. 주말에 혼자 도서관이나 카페에서 공부를 하거나, 미래에 대한 비전을 준비하는 사람. 모임은 꼭 필요하고, 진실한 친구가 꼭 필요하지만, 일정수준 이상의 연락과 만남은 수다쟁이로 끝나고, 그 관계 자체에도 좋은 영향이 없을 수 있다. 내가 목표가 있고, 그것을 위해 노력하지 않을 때, 나는 수다쟁이로 남아 있을 확률이 높아질 수 있는 것 같다. 성숙하지 않은 습관적으로 지나친 수다는 서로의 성장에 도움이 되지 않고, 오히려 서로의 마음을 상하게 할 수도 있다. 그 관계의 허우적거림에서 나올 수 있길 응원한다. 친구들과 필요 이상의 만남과 연락, 스마트 폰-영상, 서핑, 게임, SNS, 텔레비전은 내가 도전하고, 내 한계를 넘는 것을 막는 강력한 도구들.

내가 만약 30~40대이고, 결혼을 했거나, 결혼할 생각이 있다면, 보편적 퇴적 에너지를 지혜롭게 사용하는 것이 꼭 필요한 것 같다.

스마트 폰을 2시간 정도 보지 않고, 사람들을 만나지 않고, 노트북을 들고 도서관이나 카페로 나를 데리고 가 보자.

🌼 시간을 바라보는 통찰력

시간은 절대적이지만 상대적일 수 있다. 시간은 나를 구속하지만, 내가 시간을 구속할 수 있다. 평일은 나를 가두고, 주말은 내 시간이라는 프레임. 이것은 누군가 세워 놓은 삶의 테두리일지 모르겠다. 아마 노동자들을 효율적으로 관리하기 위한 구속 같은 시스템이 아닐까. 내가 그 세워진 시간의 틀 속에 종속될지, 시간을 이용할지는 내가 선택할 수 있다.

선택할 수 있다는 생각을 할 수 있는 통찰. 그 통찰이 나의 삶을 이전과 다르게 이끈다.

시간이 더 이상 나를 지배하지 않음을 경험하게 된다.

🌼 익숙함으로 찾아올 때

'나의 아픔이 커졌다가 작아지는 것, 그리고 괜찮아지는 것 경험하기'. 나는 내 자신이 되려고 해 보자. 못난 것은 못난 그대로 인정하는 것, 그것을 느끼고 내 자신을 받아들이는 것이 필요한 것 같다. 내가 나의 연약함과 마주할 때, 한 번은 겪는 아픔이 우리에게는 필요하다. 아플 때 각종 연약함으로 우리 스스로를 방어하여 고통을 피하기보다, 몇 번쯤은 마주하며 그것이 더 이상 나에게 아픈 것이 되지 않도록 하는 것은 어떨까.

　내가 추구하는 것이 무엇인지 아는 것이 나를 아는 것의 하나일 수 있다. 나를 알 때 힘이 생기는 것을 본다.

　내가 왜 그것을 추구하게 되었는지 내 인생에서 과정들을 돌아보는 것이 통합의 과정이 아닐까. 내가 추구했던 것, 내가 소홀했던 것들을 양면적으로 바라보면 좋겠다. 내 어둠의 그림자들을 내 스스로 그려보는 과정이 필요한 우리 30~40대들이 아닐까 싶다. 내 소망과 욕구를 살피는 것이 그리 중요한 것은 그것이 내 삶의 방향이 될 수 있기에.

✺ 정신적 피로도

　새로운 것을 시도할 때 반드시 마주하는 현상이다. 새벽기상을 시작했을 때, 새로운 업무를 시작했을 때, 새로운 직장에 출근했을 때, 사랑하는 사람과 결혼을 하여 삶을 같이 살기 시작할 때, 새로운 집으로 이사를 했을 때, 자녀가 탄생했을 때, 새로운 프로젝트를 시작했을 때, 새로운 공부를 시작했을 때 우리의 '피로도'는 발생할 수 있다. 그것이 우리 삶에 익숙해질 때까지 우리는 당연히 '피로도'를 느낀다. 그 '피로도'는 새로운 것을 할 때 뇌가 그것을 익히고, 숙련될 때까지 에너지를 좀 더 쓰기에 드는 피로감인 것 같다. 그러기에 '이 일이 너무 힘들다', '이 일은 나와 안 맞다', '이 일은 내 길이 아닌 것 같다', '이 직장 상사는 불편한 사람이다' 등으로 판단을 빠르게 내리지 않길. 약 한 달의 시간은 내가 '정신적 피로도'에서 익숙함으로 넘어가는 데 필요한 시간일 수 있기에.

🎇 돈의 노예

세상은 욕망을 더 자극하여 돈의 노예가 되는 삶을 살라고 부추긴다. 하지만 우리는 노년에 알게 된다. 가족이나 건강을 잃었을 때 알게 된다. "아, 내가 돈을 좇기 위해 모든 중요한 것들을 돈에 종노릇하며 희생시켰구나."

그 신기루와 같은 돈을 좇는 것은 여러 이유가 있을 것 같다. 결핍과 상처로부터 그것을 채우고자 하는 열망함으로 나도 모르게 내가 돈의 노예가 되는지도 모르게 돈을 좇고 있진 않은지.

스티브 잡스 인터뷰 중에서 우리 각자가 돈을 통해 일정 부분 이상을 모았으면, 그 뒤에는 돈 아닌 가치 있는 일 등에 우리 시선이 가야 한다고 이야기한 것이 기억난다. 우리가 자신의 필요를 위해 일을 하고 돈을 모으지만, 필요 이상 돈을 모으는 것은 우리의 욕망을 컨트롤 하지 못하는 부분이 상당 수 있는 것 같다. <u>돈보다 더 가치 있는 것을 아직 찾지 못해 돈이 주는 가능성과 힘에 내 삶의 모든 것을 '올인'하는 것은 아닐까.</u>

🌼 감당

내가 유명해져서 인정을 받는 자리이면, 욕도 먹을 수 있다. 내가 돈을 많이 벌면, 함께 하던 비슷한 사람들이 나를 시기, 질투하며 떠날 수도 있다. 내가 사업주로 경영을 하게 되면, 권한도 많이 생기고, 더 큰 이익이 생길 수 있지만, 사업이 망했을 때 뒷감당을 해야 하는 리스크도 함께 갖고 있다.

"왕관을 쓰려는 자, 그 무게를 견뎌라."

심플한 세상이치이다. 너무 복잡하게 생각하지 말자.

🎇 무모한 도전

　나를 아끼지 않는 것, 제대로 수면을 취하지 않고, 식사를 하지 않고, 나를 혹사시키며 가는 것은 한 달을 못가서 이상이 생길 수 있다. 내가 도전하려면 나의 내면뿐 아니라 내가 먹는 것과 자는 것, 나의 건강에도 자기관리가 되어야만 도전을 이어갈 수 있다. 김창옥 교수님 강의에서 사막 마라톤 이야기가 기억이 난다. 인간의 끝이라고 말하는 사막 마라톤 선수들 이야기가 나온다. 사막 마라톤 선수들이 달리다가 죽기도 한다. 제일 많이 죽는 경우는 목이 말라서 그렇다고 한다. 신기한 것은 물을 가지고 달리는데도 죽는다고 한다. 마라톤 초보자들은 이 레이스를 하며, 목마를 때마다 물을 마신다고 한다. 경험이 많은 마라톤 선수들은 스스로 걸음을 세면서 목마르기 전에 물을 주기적으로 마신다. 이렇게 그 긴 마라톤 경기를 끝까지 달린다고 한다.

　목표가 강한 사람들은 힘든지 모른 채, 쉼 없이 달려간다. 결국 몸이 이상이 있거나 큰일이 있을 때 그때 가족을, 친구를, 건강을, 소중한 것을 보기 시작한다.

쉼에서도 교수님의 다음과 같은 말이 마음에 깊이 닿았다.

쉼은 너무 힘들 때 쉬는 게 아니라, 쉬고 싶을 때 쉬는 게 아니라, 정해 놓고 쉬는 것이다. 일이 우리 일상의 필수라면, 쉼도 우리 일상의 필수인 것 같다.

지금 내가 하고 있는 일, 내 옆에 있는 그 사람,
내 가까이 있는 그 친구들,
쉴 새 없이 너무 바쁜 내 삶. 혹은 일이 없어서
집에서 계속 혼자 있는 나의 라이프.

지금 내 삶은 좋든, 싫든 모두 내가 선택한 것.
사람은 정말 싫으면, 지금 그것을 지속하지 않는다.

그 일이 너무 힘들지만, 계속 하고 있는 것은
무의식의 내가 그것을 계속적으로 원하고,
그 일을 선택하고 있기 때문이다.

정말 아니다 싶으면 그만둔다.

나는 너무 일을 하고 싶은데,
내가 혼자 백수 생활을 이어간다면,
그것은 내가 일도 하고 싶고, 백수 생활이 별로지만,
일을 하는 것보다, 자유롭고 편한 백수가 더 낫기 때문에
그 삶을 연속적으로 선택한 것이다.

지금 그 사람을 계속 만나고 있는 것은,
다투며, 상처를 주고받으며, 힘든 부분이 있지만,
그래도 좋은 부분이 더 많아서 함께하는 것이다.

이제 곧
아침이 온다

"세상은 고통으로 가득하지만,

그것을 극복하는 사람들로도 가득하다."

- 헬렌 켈러

　내 인생은 고난의 연속이었다. 예전에도 고난이 있었고 지금도 난 고난 가운데 있다. 앞으로도 고난이 있을 것 같다. 내 인생에 고난은 늘 꼬리표처럼 나를 따라 다녔다. 내 앞에 있는 고난은 어디서부터 온 것일까? 내 삶에 주어진 것일까? 아니면 나의 어떠함 때문일까? 고난은 왜 내 앞에 있는 것이며 고난 앞에서 나는 어떻게 해야 할까?

1.
동트기 전

🌱 고통을 택하고 사랑을 여시는

한때 즐겨 듣던 가수 지미선의 '할렐루야' 노래 가사이다.

아무것도 하지 않을 때 올라오는 생각들과 마주함.

많은 이들은 그것을 피하려고 더 열심히 일하고, 음악을 듣고, 운동을 하고, 사람들을 만나고, 하루를 바쁘게 보내려고 하는 것 같다.

아무것도 하지 않을 때의 나의 심연에서 올라오는 그 쓴 뿌리와 마주하는 것.

그것을 다른 바쁜 행위들로 덮거나, 피하지 말고 그대로 느껴보고, 인정하는 것.

내가 나의 약함을 알게 되고, 존재로 나를 인정할 때 나를 받아들이고, 사랑할 수 있게 된다. 그러면 내 사람을 이해하고, 용서하고, 사랑할 수도 있는 것 같다.

🌱 내려놓음(by 스카이 캐슬, 이태원 클라쓰)

한때 열풍이었던 JTBC 드라마 〈스카이 캐슬〉 19회를 보면 예서 가족이 서울의대를 포기한다.

3대째 의사집안을 만들기 위해 수십억을 써서 코디를 불러 어릴 때부터 고3 때까지 강행군으로 진행한다. 예서는 갈수록 예민해지고, 가족들의 관계는 다 깨어진다. 목표로 가면 갈수록 가족 안에서 점점 불행한 지점들이 발생한다. 친구 우주도 감옥에서 계속 누명을 쓴 채 갇혀 있다. 코디 김주영이 범인이라는 것을 알아도 서울의대의 목표가 있기에 양심을 저버리게 된다. 김주영이 범인이라는 것을 알리게 되면 예서가 유출된 학교 시험 문제를 접했기에 수능을 보지 못하고 자퇴를 해야 한다. 잠이 오지 않고, 불안과 걱정으로 공부도 되지 않는다. 예서 엄마는 털릴 대로 털린 후에 결정을 한다. 욕심을 내려놓기로. 그제야 모든 것이 제자리를 찾아간다. 욕심은 모든 걸 비정상적으로 만들기도 하는 것 같다.

한 사람의 욕심으로 시작된 그 성취를 위해 자신과 그 주변의 사람들이 희생되어 가는. 그 집안의 뿌리를 살펴보면 할머니의 학벌에 대한 집착이 뿌리인 것을 보게 된다. 그 욕망이 아들과 며느리에게 전해지고 며느리(염정아)는 그것을 받아 딸에게 집착을 만들어 결국 가족 모두를 파국으로 이끌었던 것을 보게 된다. 파국으로 가는 과정에는 그것이 파국인지 모르고 눈앞에 있는 상황에 젖어든다. 욕심의 과정은 자극적이고 짜릿할지 모르나, 그 욕심의 끝은 매섭다. 그 과정에 있는 이들은 그 끝이 매섭다는 것을 모른다. 한때 유행하던 드라마 〈이태원 클라쓰〉 박새로이의 욕심 없는 도전적 시도는, 과정은 고됐지만, 끝은 후련했다.

🌼 내 마음대로 살아도 괜찮은데

내가 원하는 삶을 사는 것이 행복에 이르는 첩경이라는 것을 아는 데도 왜 잘 안될까. 가까운 사람들이 나를 가만 두지 않는다. '그 사람이 나를 힘들게 한다'라는 말을 많이 듣는다. 하지만 '그 사람이 나를 힘들게 한다'라는 것은 어쩌면 틀린 말일 수 있다. 그 사람에 대해 내가 에너지를 쓰고, 반응하는 것은 나의 선택이기 때문에 에너지를 쓰지 않을 수도 있고, 반응하지 않을 수도 있다. 내 마음과 생각대로 사는 것이 결국 나의 힘이 될 수 있다. 그것을 방해하는 것은 타인이 아니라, 내안에 어떤 것. 결국 잘되는 사람들을 보면 내 마음대로 할 수 있는 마음이 준비된 자들이 아닐까. 눈치 보지 않는 것, 타인의 어떠함으로 인해 거절감을 덜 느끼는 것. 상대방의 부탁과 요청에 내 생각대로 거절해도 내 마음이 불안하게 요동하지 않는 것.

🌾 바로 퇴사하지 마! 내 시스템 구축하기

나만의 원하는 삶, 그 삶의 시스템이 만들어지기까지는 고통과 시간과 인내의 과정이 필요한 것 같다. 고통과 인내의 과정이 없이는 시스템의 기반이 세워지지 않는 걸 본다. 남의 도움을 입어 살아가려면, 도움을 준 사람의 기대와 틀에 맞춰 살아갈 수밖에 없는 것 같다. 내가 시스템을 갖추려고 준비하며 받는 스트레스와 남의 도움을 받으며 일하면서 스트레스를 받는 것. 이 두 가지 트랙에서 난 남의 도움을 받으며 일하더라도, 내 시스템을 갖추려고 마음을 먹고 조금씩 준비하자. 내가 지금 있는 일터, 직장, 알바에서 땀 흘리며 최선을 다해 보자. 피하고 싶어도 피하지 말자. 그리고 내가 하고 있는 그 일이 끝난 후에 하루 2시간씩은 내 시스템을 구축하는 데 꼭 시간을 마련하고, 준비하자. 그 준비는 3~6개월이면 길이 보일 수 있다.

많은 사람들이 자기 일을 하려고 실패하는 이유가 지금 하는 일을 버리고, 기반 없이 내 시스템을 위해 뛰어들기 때문에 실패한다. 결국 나만의 시스템을 찾아 도전하면 1~2달 안에 재정이 바닥나고, 생각만큼 성과가 없으면 일을 접게 되는 경우가 많다. 내가 꿈이 아닌 일을 하며 돈을 벌고 있다는 것, 그것은 나의 꿈을 준비하는 시간을 빼앗기고 있는 것이 아니다. 그것은 소속감으로, 재정으로, 생각할 시간으로, 안정감으로, 나의 꿈을 향해 나아가게 해 주는 연료들이기에 감사하게 생각해야 된다. '정말 이건 도저히 아니다' 정도가 아니면 어느 직종이든 어느 사람이든 비슷하다. 그래서 지금 소속되어 하고 있는 일을 끝까지 버티며, 그 일이 끝난 뒤에 내 시스템 구축을 위해 2시간 이상을 쓰는 것을 매일 해 보자.

🎆 불안과 두려움을 넘는 자세

불안과 두려움은 내가 원하지 않지만, 어느새 내가 그 정서를 느끼고 있다. 그리고 나는 그 정서와 마주치고 싶지 않다.

<u>무조건적 낙관과 무조건적 긍정으로 지금 불안을 없애려고 하는 것은 주방에 음식물 쓰레기가 썩고 있는데 냄비뚜껑으로 덮는 것과 같다.</u>

인생에서 시간을 두고 고민해야 할 것이 있고, 고민을 멈추고 당장 실행해야 할 부분이 있다. 나의 내면을 돌아보며, 불안의 뿌리를 찾는 것들은 시간을 두고 살펴보자. 음식물 쓰레기 냄새처럼, 올라오는 불안의 냄새를 내는 재료들은 그날 바로바로 버리자.

긍정과 열심, 그것으로 불안을 덮지 말자.

옆에서 보는 민감한 사람들은 다 안다.

추락하는 날개

고통 앞에 실패 앞에 마주할 때 우리를 돌아보는 경향이 있는 듯하다.

내가 정말 극한으로 갔을 때 비로소 나를 돌아보게 되는 것 같다.

정말 죽을 만큼 힘들 때, 들리지 않던 말이 들리고 나만큼 힘든 사람들의 아픔이 보이기 시작한다. 날갯짓을 하여도 추락하면서, 내가 그동안 겪지 못한 내면의 새로운 경험들을 시작하게 되는 것 같다. 너무나 고통스러운 과정을 통해 나의 정말 성숙하지 못한 부분들과 마주하며, 나의 연약함을 인정해 가는 과정, 그 불순물들이 하나씩 벗겨질 수 있는 과정을 맞이하게 되는 것 같다. 사실 불순물이 제거되는 과정은 순탄할 수가 없다. 반드시 강한 온도로의 가열과 같은 고통이 수반된다. 그 기간은 몇 개월일 수도 있고 몇 년일 수도 있고, 그 이상이 걸릴 수도 있다. 하지만 그것을 통과했을 때 나는 정금으로 나아올 수 있다. 그 단련됨 속에서 내게 필요한 것은 내 힘을 빼고 그 자리에서 버티는 것. 그 연단되는 과정에서 나를 돌아보는 것. 일정한 시간이 지난 때에 불순물이 제거된 나와 새롭게 마주해 있을 나.

🌱 생각의 재활훈련

내가 교통사고가 나서 몸이 틀어지고 부러졌다. 수술을 했지만 한 번에 회복되지 않고, 2~3년의 재활훈련을 통해 내가 겨우 걸을 수 있었다. 우리 육체의 사고 이후 그것을 회복하는 데 시간과 에너지가 필요하다. 그리고 의사의 도움을 받는다. 우리 생각의 사고가 일어난 것은 보이지 않기에 그냥 살아간다. 하지만 살면서 사람들을 만날 때, 나 혼자 있을 때, 내가 예상치 못한 일을 만날 때 재활훈련 받지 못한 부분의 후유증이 올라온다. 그 생각의 괴로움은 나를 계속 따라다니며 나를 힘들게 한다.

교통사고 후에 재활훈련의 과정은 어떠할까. 재활이라는 자체는 고통이다. 그 고통을 감당하며 재활을 하는 이유는 내가 이제는 그런 괴로운 삶에서 벗어나기 위함이라는 것을. 생각의 괴로움에서 벗어나려면 생각의 재활훈련을 해야 한다. 고난의 과정을 반드시 통과해야 그 생각에서 벗어날 수 있다. 재활훈련 자체가 고난의 과정이다. **하지만 재활훈련은 반드시 기한이 있고 회복이 있다. 그 재활훈련을 시작할 것인가? 재활훈련의 고통 없이 생각의 괴로움을 지녀도 지금처럼 살 것인가?**

✺ 벗겨 냄

수많은 사람들이 진짜 나와 만나지 못하고, 무언가 입혀진 나로 살아가고 있다. **그 상황에 맞게 생존하기 위해서,**

분노를 사용하기도 하고, 눈치를 보기도 하고, 가식적이기도 하고, 열심히 살아가기도 한다. 맥주의 거품을 걷어 내면, 정말 맥주의 진짜 맛과 만난다. 부모로부터 나도 모르게 입혀진 겉옷과 속옷을 벗겨 내면 진짜 나와 만난다. 타인을 의식하는 시선을 벗겨 내면 나의 진짜와 만난다. 벗겨 내야 한다. 그렇지 않으면 부모의 싫은 모습을 비판하면서도, 부모와 비슷한 모습으로 살아가는 무서움을 경험하게 될 수도 있다.

그 사람이 내가 보기에 큰 이유가 아닌데 짜증내고, 화를 낸다면, 그 사람의 부모를 분석해야 하겠다. 부모의 옷을 입고 나를 대하는 것이다. 그 사람이 부모와 살면서 화를 내야만 말이 먹혔던 가정환경이거나, 부모 가정에서 분노가 자주 노출되었던 가정환경일 수 있다. 부모의 옷을 구분하고 벗어야 한다. 보통 비합리적인 생각과 부정적 정서는 그 자신의 옷이 아니라, 입혀진 옷이기 때문에.

현재를 사는 것

상처를 안고, 그 안에 매몰되어 상처를 붙들고 사는 사람들은 과거를 사는 사람, 걱정하고 불안해하는 사람들은 미래에 사는 사람이다.

나는 지금 과거를 살고 있는가, 미래를 살고 있는가 아니면 현재를 살고 있기는 한가?

✺ 뇌가 행복해하는 시간

나의 일에 목표를 갖고 움직이는 것: 내가 좋아하는 일을 주체적으로 하는 것에 대한 만족.

운동하는 것: 뇌가 지치면 사고가 부정적으로 흐르게 된다. 운동은 그 뇌의 지침을 깨워 줌.

내가 사랑하는 사람과 함께하는 것: 행복의 가장 많은 부분을 차지하는 사랑의 함께 함.

내 옆에 있는 사랑하는 사람을 위해 나의 목표를 스스로 갖고 움직이는 것. 매일 운동을 하며 나의 컨디션을 부정적인 상태에서 건져 유지하는 것. 사랑하는 사람이 원하는 것들을 섬기는 것과 동시에 나의 목표를 1년에 한두 개를 정해서 실행해 보자(개인 프로젝트, 자격증 취득, 반년매출목표, 공부 수료 등). 뇌는 이 상태를 행복의 상태라고 인식한다고 한다.

나는 사랑하는 사람의 생일 전까지 이런 목표를 가지고,

그것에 도전하고 달성하여 사랑하는 사람을 기쁘게 해 주고, 그 기쁨을 함께 나누고 싶다.

🌾 나의 시간을 갖는 것

뜨거운 여름에 일을 시작하고 거의 쉬지 않고, 일주일을 일하다가 나의 off day에 처음 쉰 적이 있다. 쉬는 날 괜히 미안하고 어색하여 사무실에 나갔다가 1시간쯤 있다가 나왔다. 쉬는데도 쉬는 게 아니었다. 친한 사람들 몇 명에게 나의 상황을 이야기한 뒤 나는 얽매여 있다는 것을 알았다.

집 근처 미용실에서 아내와 함께 20만 원을 충전했다. 직장 휴무일에 만 원을 커트와 두피마사지에 사용했다. 머리가 눈을 찌르고 더웠는데 쿨 샴푸로 헤어를 감고 단정해진 모습으로 초밥을 먹고 사람들을 만나지 않고 혼자만의 시간을 보냈다. 사실 내가 제일 행복한 때는 맛있는 밥을 적당히 먹고, 넓은 공간의 카페에서 커피를 마시며 글을 쓰고 공부를 할 때가 나에게는 최고의 시간이다. 일을 마치면 습관적으로 친구들을 만나 수다의 시간을 보내기보다는 내가 정말 원하는 것들을 하는 시간을 가졌다.

정말 혼자 있기 힘든 정도의 힘듦, 혼자 있기 싫을 정도의 심심함이 아니면 혼자 쉼을 갖는 것이 필요한 걸 알았다. 스트레스는 내 안에 스스로 받는 것보다, 타인의 어떠함으로 받는 경우가 많은 것 같다.

🌼 마무리 짓는 능력

아무리 일을 잘하고 감각이 있고 탁월해도 마무리 짓는 능력이 없으면 나이가 50, 60, 70세가 되어도, 내가 일궈 놓은 시스템은 없고, 불안정한 상태로 일하며 살아갈지 모른다. 마무리 능력이라는 것은 일을 중도에 포기하지 않고 끝까지 매듭짓는 것으로 결과에 대한 책임감, 인내심, 마감능력까지 모든 것을 두루 갖춘 사람에게 나타난다. 우리 모두는 사업이든, 결혼이든, 프로젝트든 시작하기 전에 큰 두려움 앞에 망설인다.

그리고 어떤 것이든, 일을 진행하고 관계가 시작된 뒤에 반드시 찾아오는 것이 고난인데, 그 고난을 마주하고 버텨낼 내적인 힘이 없으면 그 일에 대한 성취가 없이 중도에 포기하고 다른 것을 하게 되는 흐름으로 가게 된다. 그랬을 때 내게 열매가 없는 것처럼 느껴지기도 한다.

　그 고통을 마주하여 더 깊어짐으로 가고, 열매가 있으려면 인내하여 마무리 짓는 능력을 꼭 터득하면 참 좋겠다. 생각한 것을 바로 시작하고, 미루지 않고, 그것의 목표를 이루기까지 기한을 정해 놓고, 어려움이 와도 전향할 생각 말고, 기한까지 목표를 매월 이룰 수 있도록, 월 단위, 주 단위, 일 단위로 일들을 행해 나가면 될 것이다. 내가 생각한 것보다 조금 미리 움직여야 지연되지 않게 됨도 기억하면 좋겠다. 혼자 의지가 약해질 때마다 강의를 듣고 독서를 하고, 내가 신뢰할 만한 몇 사람과 마인드와 목표를 공유해 보자.

🌸 어차피 할 거라면

　내 집에서 버릴 음식물 쓰레기라면, 회사에서 하기 싫은 일이 내 업무라면, 피하지 말고, 빨리 했을 때 그 이후의 성취와 보람과 자유를 소유하게 된다. 계속 미지근하게 있으면, 그 자체가 나에게 스트레스를 주게 된다. 방해요소는 함께 가는 것이 아니라 결정을 해야 되는 게 아닐까. 어차피 해야 하는데, 하기 싫은 것은 빠르게 해치워 버리고, 이후 주어지는 자유를 소유하자.

❋ 좋아하는 사람도, 좋아하는 일도 힘들다

사람 모두는 연약한 존재이기에 정말 하고 싶다는 동기로는 무언가를 지속하기 어려울 수 있다. 좋아하는 사람과 결혼해도, 힘들 수 있다. 좋아하는 일이라고 해서 시작해도 힘들 수 있다. 그래서 부부, 나의 일에 원칙이 있어야 하고, 그 원칙이 나를 이끌어 가도록 해야 한다.

열정의 본질은 뜨거운 도전적 의미가 아니라, 어떤 일을 끝까지 인내하며 지속하는 힘이다.

사랑해서 결혼한 부부의 대원칙, 좋아해서 시작한 그 일에 대한 대원칙. 그 사명이 가정을, 나의 도전하는 일을 이끌어 가도록.

❋ 부모 용서가 가능할까

가정 안에 부모로부터 받은 상처와 경험들이 자녀에게 미치는 영향은 생각 이상으로 큰 것 같다. 그 부모로부터 받은 부분들을 떠올리며 직면하는 일은 쉽지 않아 보인다. 하지만 부모가 지금의 나를 형성했기에 돌아보는 일은 중요하고, 필요한 것 같다.

　그 상처와 기억들을 부모에게로 가서 직접 말하는 것의 시도가 중요하다. 지금의 60~70대 부모님들은 미안함을 느껴도 먼저 다가가고, 감정을 표현하고, 사과하는 법을 모를 수 있는 환경에서 자랐다. 하지만 자녀가 이야기하면 감정적 교류를 하고, 사과할 마음의 준비가 되어 있을 수 있다. 그때 나의 감정을 부모에게 직접 말하는 것, 그리고 조심스레 용서를 요청하는 것의 시도가 중요하다. 내 안에 응어리진 그 감정의 악한 덩어리. 너무 어려운 부분이다. 하지만 이것에 용기를 내어 부모에게 다가가 보자. 부모가 기억을 못할 수도 있다. 부모가 사과를 내게 하지 않을 수도 있다. '무슨 수십 년 전 이야기를 꺼내니?'라며 사이가 더 어색해질 수도 있다.

　하지만 부모가 그 부분 기억을 하며 내 얘기를 들어 줄 수 있다. 그때 내가 그런 의도로 그런 것이 아니었다며, 내게 미안하다고 사과하며 용서를 구할 수도 있다. 30~40년간 고여 있던 내 상처가 아물 수 있는 치료의 시작이 될 수 있다. 그 해방의 청량감을 맛보아 아는 자들은 어색하지만 시도한 사람들이다.

🌱 매너리즘의 본질

매너리즘은 어떤 일을 하다가 더 이상 내 마음이 신나지 않는 것, 어떤 기분을 느끼지 못하는 것일 수 있다. 그러다 보니 그 일들을, 그 모임을, 그 사람을 아무런 느낌도 없고 그냥 감동 없이 대하게 된다.

어떤 새로운 일에 대한 설렘, 의욕을 도파민, 익숙하고 안정됨을 매너리즘으로 바라볼 수 있으니 매너리즘에 대해 지나친 의미 부여나 해석을 하지 않았으면 좋겠다.

내가 존경하는 김창옥 교수님의 강의를 들었다. 뜨거운 열정이 영원하지 않은 것처럼 매너리즘도 영원하지 않다는 말씀을 해 주셨다. 그렇다. 관계에서 매너리즘 단계가 반드시 오지만, 그 순간은 영원하지 않다. 매너리즘의 단계가 지나면 성숙의 단계에 이르게 된다. 그 사랑하는 관계는 더 가깝고, 더 친밀하고, 더 이해하고, 더 깊은 존재의 단계로 서로가 더 고차원으로 더욱 사랑하게 되는 것.

유홍준 교수님의 사랑의 통찰 표현이 나는 너무 좋다. 사랑하면 알게 되고 알게 되면 보이나니 보이는 것이 이전과 같지 않으리라 말씀하셨다. 더 깊은 사랑의 통찰로 상대를 바라볼 때 어제와 오늘은 다르다. 그 사람은 똑같다. 하지만 나의 통찰로 그 사람이 새롭게 보이는 것이다. 그 사람이 있어서 너무 감사하고 행복한 것.

지금 매너리즘에 빠져 있는가? 당신은 지금 성숙의 단계로, 성취의 단계로 넘어갈 수 있는 기회를 얻은 것.

✾ 하루 1시간씩 두 번

먼저 하루에 1시간을 꼭 나를 위해서 사용하자. 운동이든, 독서든, 사업 준비든, 커피 마시는 시간이든 괜찮다. 하루의 자기보상시간을 유보하지 말고 매일 갖는 게 중요하다. 이렇게 따로 시간을 계획하여 분리하지 않으면 하루의 삶에서 내가 끌려다니는 느낌이 강하게 들 수 있다.

일 년에 한 번 여행 가는 걸로 끌려다니는 삶의 느낌이 전환되어지지 않는다.

다른 1시간은 내가 하기 싫은 일을, 하지만 누군가 해야 되는 일을 해 보면 어떨까. 집안에 음식물 쓰레기가 있다고 하자. 음식물 쓰레기를 분리수거하는 일을 좋아하는 사람은 거의 없을 것이다. 바닥청소를 하고, 세탁기를 돌리고, 설거지를 하고, 음식물 쓰레기를 버렸을 때의 개운함, 상쾌함, 뿌듯함. 그리고 내가 사랑하는 사람의 수고를 덜어 줬다는 보람.

사랑과 행복은 상태이기 때문에 상태는 만들어 가야 하는 것 같다. 그 상태는 공기와 같기에 실시간으로 느껴진다. 나의 일에 몰입하여 충실한 것, 나에게 충전을 주는 것, 사랑하는 사람을 위해 그 모든 일을 하는 것, 나의 일 외에 상대와의 공동의 영역에 들어가 섬기는 것(살림, 육아를 함께 챙겨 주는 것).

🌻 나는 지금 원하는 선택을 하고 있다

사람은 정말 싫으면 때려 죽여도 안 한다.
사회봉사 때 어르신 방문을 한 적이 있다. 할아버님은 며칠 간 식사를 못하고, 마음에 무언가 있어 보였다. 할머님은 화를 내기도 하고, 할아버님의 팔을 잡아당기며, 할아버님이 걱정되셨는지, 반복적으로 병원을 가자고 강하게 주장하셨다. 할아버님은 몸이 많이 안 좋아 보였는데, 오늘은 병원을 가기 싫다고 하셨다. 후에 얘기를 들어보니 오늘 아침 일찍부터 병원차가 왔는데도, 그 차를 타지 않으셨다고 한다. 내가 힘이 없고, 아파도 가기 싫으면 안 간다. 가족들이 병원가기를 간절히 원하고, 강요하고, 강제성을 발휘해서 끌고 가도, 본인이 싫으면 싫은 거다.

　나는 지금 내가 원하는 모습은 아니더라도, 지금까지 나는 원하는 선택을 거의 하면서 살았다고 봐도 된다. 심지어 상대방의 어쩔 수 없는 부탁에도 내가 정말 싫으면 하지 않는다.
　내가 싫으면 그 일을 하지 않았고, 내가 싫으면 그 사람을 만나지 않았다.

🌻 생각의 공격 맞서기

1. 그 생각이 사실이 아니라 거짓된 생각이라는 것 인지하기
2. 그 거짓된 생각을 벗겨 낼 때마다 휴대폰 메모장에 기록하여 패턴 기억하기
3. 내가 하고 싶은 일에 몰입하여 열심히 도전하기

🌱 일, 성공, 사랑

보통 연봉 4~5천만 원 받는 이들을 성공이라고 이야기하진 않는다. 요즘은 3~4억대 연봉 받는 자들을 성공이라고 이야기하지 않나 싶다. 하지만 그들은 대기업 임원이 아닌 이상 회사 소속이 아닌 세일즈 쪽에 있을 확률이 높다. 그렇기 때문에 그들의 연봉은 꾸준한 연봉이 아닐 수 있으며 그들의 월 실 수령액은 천오백만 원 전후가 될 것이다. 한 달에 수천만 원을 버는 세일즈(보험, 자동차, 기타물건)하는 분들이 그 다음해에는 실직자가 되어 있을 확률도 고려해 봐야 한다. 수입이 굴곡이 있을 수 있어도 단시간에 그렇게 많이 벌 수 있는 것은 개인 사업이나 세일즈 두 가지뿐일 것이다.

연봉으로 이야기하지 말고, 월마다 내 통장에 꽂히는 볼륨으로 이야기하는 게 좋을 것 같다. 내 통장에 월 2천만 원 이상 그래도 고정적인 흐름으로 꽂히게 하려면 어떻게 해야 할까. 월 2천만 원이 될 때까지는 워라밸을 무너뜨리고, 판매 상품의 퀄리티를 최대한 높이고, 홍보 전략을 짜고, 가망고객을 계속 발굴하며 지속적으로 전해야 할 것이다. 그것을 인내하고 나아갈 의지가 있는가를 돌아보면 좋겠다. 월 200만 원에 나는 만족한다면, 큰 변화를 주지 않고, 지금처럼 계속 살면 달성될 수 있을 것이다.

　내가 결혼하고 싶은 확신이 드는 여자가 생겼다. 어떻게
해야 할까. 그 사람도 나와 같은 사랑의 확신이 들어야 결혼
을 할 것 아니겠는가. 그러면 그 사람이 마음을 열고, 감정이
생기고, 사랑의 확신이 들어 결혼을 수락할 때까지 내가 어
떻게 해야 할까. 내 여자가 될 사람에게 부담을 주지 않으며,
예의 있게 행동하기. 배려하는 마음으로 그 사람을 대하고,
만날 때 단정하고 깔끔한 모습도 필요할 것이다. 여자를 책
임지고, 가장으로 가정을 잘 이끌어 갈 수 있는 능력과 책임
감도 키워야 될 것이다. 잘난 것을 자랑하지 않고, 남의 탓을
하지 않는 것들의 성숙함. 내 여자로 결정한 사람을 품어 줄
수 있는 바다 같은 넓은 마음. 그리고 내 여자가 될 사람이
마음을 나만큼 열지 않을 때 기다려 줄 수 있는 넉넉함. 정말
여자가 이해되지 않는 말과 행동을 했을 때 화 내지 않는 의
연함. 적당히 하면 적당히 받는 게 이치인 것 같다. 적당히
할지, 돌파할지는 나의 선택.

🎇 나를 구해 줄 3명(객관화 작업)

나의 힘든 상황을 무조건적으로 참고 견디는 것이 능사는 아니다. 참아야 되는 부분이 있고, 나의 마음을 풀어내고 가야될 때가 있는 것 같다. 정말 힘들면 내가 신뢰하고, 나의 문제에 대한 경험이 있는 3명에게 상황을 이야기할 것. 이야기하며 나의 정서는 50% 이상 안정된 상태가 되고, 객관적으로 상황을 바라볼 수 있는 시각이 생긴다.

🎇 이러다가 오십 되고, 육십 돼요

나의 왜곡된 생각 깨뜨리고, 맨 정신과 온전한 마음으로 사랑하는 사람을 대하는 것. 언제까지 미루려고 하나? 내가 하는 일 집중하여 안정시킨 뒤에 나의 소중한 사람들도 만나서 식사도 하고, 가족 · 친척 모임도 만들고 그래야 되지 않나. 생각만 하고 그냥 이대로 살다가 오십 되고 육십 될지 모르겠다.

🎇 거절의 용기

거절은 상대방의 반응보다 내가 중요할 때 할 수 있는 용기인 것 같다. 내가 거절했을 때, '그 사람에게 인정 못 받지 않을까?'라는 생각으로 충견처럼 그렇게 타인에게 대하고 있지 않은지. 거절을 하지 못하는 것. 그것은 어쩌면 내 스스로가 나를 인정하지 못하여, 타인의 인정에 의존하여 사는 기생충 같은 삶일지 모르겠다.

🌼 워라밸

워라밸이 이상적으로 되지 않을 때가 많다. 그럴 때는 24시간 일하기를 하루 계획으로 넣어 보자. 나는 하루 중에 쉴 수도 있고, 식사도 3번, 커피도 한 번, 이동하며 인터넷 서핑도, 나의 미래를 위한 몇 시간의 투자도 할 수 있는 사람이 된다. 수면도 6시간 이상, 샤워도, 휴식도 가질 수 있는 사람이 될 것이다. 일이 나의 발전가능성에 도움이 된다면 주어진 8시간 이상 하고, 그렇지 않으면 8시간만 하고 나머지 시간에 나의 발전 가능성에 도움이 되는 일을 할 것을 추천하고 싶다. 워라밸은 주어지는 것이 아니라, 내가 만들어 가는 것이기에.

🌸 내가 홀로 설 수 있어야 남을 기꺼이 사랑할 수 있다
(관계의존도)

내가 홀로 서 있어야 남을 기꺼이 사랑할 수 있다는 말. 이 말은 내가 연약하고 불안하고 두려우면, 나 홀로 서지 못한다는 것이다. 나무의 뿌리가 흔들려서 지나가는 바람과 햇볕에도 흔들리고 맥을 못 춘다면 어떨까. 남을 사랑하기보다 남에게 습관적으로 의존하여 사랑하는 그 사람까지 힘들게 할 수 있는 것. 힘들 때마다 무조건 여러 관계를 찾아 헤매는 것이 아니라 그 기간이 고통스러울지라도 조금의 시간 정도를 내 자신에게 주는 것. 그 과정은 내 물렁함, 연약함에서 이전보다 단단해지는 홀로의 시간들이 되지 않을까. 나는 비로소 홀로 설 수 있는 작지만 탄탄한 나무, 내가 사랑하는 사람의 버팀목과 그늘이 되어 줄 수 있는 나무로 자라날 수 있는 것 같다.

🌸 과거, 미래, 현재

앞서 나왔듯이 트라우마에 매몰되어 있는 사람은 과거를 살고 있고, 불안에 갇혀 있는 사람은 미래를 살고 있는 사람으로 표현을 많이 하는 것 같다. 현재를 사는 용기는 과거의 상처로 인한 불안에도, 미래에 대한 막연함과 두려움에도, 사람들의 반응에도 의연한 사람이 지닌 무기다.

🌸 말씀 기반

진리와 마주칠 때 그 거울 앞에 내 안에 껍데기들이 벗겨지고 연약함과 마주하게 될지 모른다. 내 마음에 있는 우상과 탐욕들이 떨어져 나가고 그것을 사단이 싫어하며 요동칠때, 그것을 내가 고난으로 느낄 수 있다. 내가 지니고 있는 소중한 건강, 재정, 관계, 내면이 타격을 받아 휘청거릴 수도 있다. 내 안에 내면의 문제들이 나의 목을 조른다. 내가 우상화하던 사업이 막히기 시작한다. 내가 중요시했던 재정이 흔들리고 고갈된다. 내가 그분보다 집중되었던 관계들이 멀어진다. 내 안에 그분이 아닌 다른 붙어 있었던 것들이 진리 앞에 떨어지고, 몸서리치는 과정인 걸 알지만 너무 매섭다. 진리 앞에 붙어 있는 이물질들이 뒤흔들리고, 분리되는 과정 같은 그 타작기계를 통과하는 과정은 아무나 견디는 것은 아닌 것 같다.

하지만 통과한 자들은 다른 것 같다. 그 삶의 관점, 태도, 가치, 성품이 다른 것을 느낄 수 있다. 단지 큰 고난 앞에 고개 숙인 무력한 모습이 아닌 말씀에 빗대어 고난을 통과한 사람은 내면의 힘, 영적인 힘이 느껴진다. 진짜 강함. 진짜 부드러움, 진짜 의연함. 기도와 말씀을 본다고 내 앞에 문제가 없고, 그분의 축복이 계속되는 것은 아닌 것 같다. 아버지의 자녀라면, 아버지가 보시기에 필요하면, '이런 고난도 주신다'라는 믿음의 지경을 갖고 있었으면 좋겠다. 아버지의 마음과 의도를 아는 조금 더 성숙한 자녀라면 이런 믿음이 가능하지 않을까.

🌸 돈의 치열함

돈은 이상하다. 돈은 너무 많아도 너무 적어도 사람에게 영향을 미친다. 필요한 것을 사고 미래에 불안하지 않은 만큼이 가장 어려운 것 같다. 다다익선이라며, 돈 자체를 많이 저축하기 위해 달리는 사람들도 많은 것 같다. 미래가 불안하기에 좋은 의도로 그러는 사람도 많으니 꼭 치열함이 나쁜 것은 아닌 것 같다. 미래가 불안하다는 이유로 돈 자체에 대한 치열함보다는, 어떤 목적을 정하고, 그것을 위한 치열함으로 돈을 모으는 태도가 돈의 영향 아래 있지 않기 위한 태도가 아닐까 생각이 들었다. 돈의 정도는 적당함이 좋은 것 같다. 그것을 한 가정에서 보통 400~500만 원 선으로 보는 것 같기도 하다.

돈은 힘이 있기 때문에 돈에 마음이 실리기도 한다. 부부 사이에 한쪽에서 돈을 많이 벌면 벌수록 이상한 심리가 생기기도 한다. 돈에 이런 뭔가 모를 막강한 힘이 있다는 것을 우선 인정하자. 돈의 지배를 받지 않기 위해, 돈에 덜 영향 받기 위해 무엇을 어떻게 하면 좋을까. 돈이란 것이 너무 적어도 영향을 받는 것 같다. 사정을 다 몰라서 그렇지 매월 대출금과 카드사용한 비용을 갚기 위해 영혼과 육체가 다 털리는 사람들이 생각보다 많다. 돈이 너무 많아도 영향을 받는 것 같다. 사람들은 보통 돈과 다른 것을 바꿀 수 있다고 생각하기도 하는 것 같다. 돈을 쥐고, 돈을 쓸 때 상대에게 여러 기대심리가 작동할 수 있는데, 그것이 기대만큼 작동하지 않을 때가 많다.

아까 위에서 이야기한 한 가정당 합산소득 400만 원 전후면 정말 평균적으로 살아가게 되는 것 같지만, 400만 원 전후가 꾸준히 이어 가리란 보장은 없는 것 같다. 어느 정도의 꾸준한 수입이 들어올 수 있는 시스템을 만들기까지는 열심히 집중하고, 시스템을 갖춰 놓은 다음에 더 갖고 싶은 탐심을 내려놓는 것. 도와주어야 할 이웃을 위해 흘려보내는 것도 자본의 영향을 받지 않는 또 하나의 믿음의 행동이 아닐까?

🎆 하루에 3끼 먹지, 10끼 먹니?

예전 KBS2 드라마 〈하나뿐인 내 편〉에서 나온 대사인데, 3끼 이상을 향해 무언가 이상으로 달려야 할 것 같은 내게 뼈 때리는 말이었다. 물론 하루에 3끼를 먹지만, 이상하게 맞벌이나, 2가지 직업이 아니면 힘든 세상이 온 것 같다.

🎆 도전은 욕심과 탐심이 아닌 내 자신의 연약함을 돌파하는 용기!

도전이 꼭 내 욕심을 이루기 위한 성취의 개념만은 아닌 것 같다. 두려움과 불안에 도전 못하고 무력하게 있는 내 자신의 연약함을 돌파할 수 있는 행위도 도전이라고 부른다.

🌺 내가 자신 있는 그것 & 내가 두려워하는 그것

나는 관계에 자신이 있고, 소통에 자신이 있었다. 그래서 7년 동안 코칭을 해 왔고, 이 일이 아직은 즐겁다. 지인들과 목적 없이 소통하고, 만남 갖고, 그들의 고민을 듣고 공감하고 해결점을 찾는 것을 시키지 않아도 즐긴다. 나의 고민들도 신뢰할 만한 사람들에게 나누고 피드백을 받으며, 나는 내 앞에 삶의 문제들을 넘어가기도 한다. 영업이나 마케팅이라는 단어가 참 편하게 다가오고, 어느 정도의 자신감도 있다. 내가 두려워하는 것은 행정, 사무 업무이다. 기본적으로 나는 기계 다루는 것과 업무의 디테일이 부족하다는 것을 알고 있다. 서류작성, 행정보조 등의 업무는 내게 두려운 영역이다.

그래서 컴퓨터, 서류에 대한 부분은 질문이 올 때도 회피, 내가 해야 할 일도 하지 않았다. 평소에 내가 자신 있는 것은 영업이고, 내가 자신 없는 것은 서류라고 생각을 해 왔고, 그 생각대로 살아왔다. 지금 코칭을 하며 사무실 일 등을 병행하게 되면서, 나는 생각해 보게 되었다. '내가 정말 잘하는 것이 영업이고, 못하는 것이 사무일이 맞는가?'

나는 영업하는 스타일이 편한 것이지, 영업을 잘하는 것은 아니었다. 내가 영업을 통해 성과다운 성과를 거둔 지점이 없기 때문은 아닐까. 내가 서류작업을 해 본 경험이 없어서 그렇지 내가 서류 작업을 못하는 것도 아닐 수 있다. 내가 편하다고 생각하는 분야가 꼭 내가 잘하는 분야는 아닐 수 있다. 결국 자신 있는 것, 두려워하는 것도 내가 정하고 그렇게 움직이는 것이 아닐까?

1. 내가 정말 자신 있다고 생각하는 것은 무엇인가?

2. 내가 두려워하고 있는 것은 무엇일까?

3. 이러한 자신 있는 것과 두려운 것의 지정은 누가 한 것이며, 언제부터 어떻게 생겨났을까?

4. 내가 두려워하는 것을 넘어서기 위해 내가 해야 할 것들이 있다면 무엇일까?

🌼 표류할 때 보는 지도

나는 지금 어디로 가고 있는가. 확신 없는 길에 나는 오늘도 표류 중. 다른 무엇을 시도할 때 감당해야 할 무엇이 나의 움직임을 망설이게 한다. 왜 사람들이 시도하라고 그렇게 많이들 이야기할까. 시도했을 때 오는 여러 손실을 책임져 줄 것도 아니면서. 이 일이 맞을까, 저 일이 맞을까 나는 글을 쓰는 지금도 고민을 한다. 하지만 이 일을 해 보니, 이 일이 아닌 걸 알았다. 그럼 나는 저 길로 가면 되는구나.

진짜 두려움, 진짜 불편함은 그것을 했을 때보다, 그것을 하기 전까지 나의 마음이 아닐까?

- 아침 출근하기 전 나의 마음 vs 출근 후 나의 마음 vs 퇴근 후 나의 마음
- 발표하기 전 나의 마음 vs 발표 하는 나의 마음 vs 발표 마친 후 나의 마음
- 샤워하기 전 나의 마음 vs 샤워를 하는 도중 나의 마음 vs 샤워 후 나의 마음
- 영업하기 전 나의 마음 vs 영업을 하면서 나의 마음 vs 영업 후 나의 마음
- 운동하기 전 나의 마음 vs 운동하고 있을 때 나의 마음 vs 운동을 마쳤을 때 나의 마음

· 자격증 공부하기 전 나의 마음 vs 자격증 공부를 하면서 나의 마음 vs 자격증 시험을 보고 난 뒤의 나의 마음
· 집 청소를 하기 전 나의 마음 vs 집 청소를 하고 있는 나의 마음 vs 집 청소를 마쳤을 때 나의 마음
· 집을 구입하려고, 대출을 알아보려는 나의 마음 vs 서류를 받고, 심사를 거쳐서 대출 과정 중에 있는 나의 마음 vs 대출을 받아서 집을 구입했을 때 나의 마음
· 나의 꿈을 위한 도전하기 전 나의 마음 vs 꿈에 대해 도전하면서의 나의 마음 vs 꿈을 도전 후의 나의 마음
· 모임을 잡고, 연락을 돌리기 전 나의 마음 vs 모임하고 있을 때 나의 마음 vs 모임 후 나의 마음
· 사랑하는 사람에게 고백하기 전 나의 마음 vs 사랑하는 사람에게 고백하는 나의 마음 vs 사랑하는 사람에게 고백한 후 나의 마음

실행하기 전 눌린 마음(불편함, 두려움, 귀찮음, 막막함 등)은 실행하면서 그 마음이 벗겨지고, 실행을 마친 후 상쾌함과 통찰력을 선물로 받는다.

신은 내게 감당할 만한 고난을 준다.

살면서 깨닫는 것은

죽기보다 힘든 그 고난은

내게 결국 유익이 된다는 사실이다.

2.
너는 나다

🌼 **표면적 언어+비언어적 목적 언어**

1. 회사 선배가 나의 서류 업무에 대해서 지적을 했고, 그 업무지적 때문에 나는 기분이 나빴다. 회사 선배는 '나를 좋아하지 않는구나', '나를 좋아하지 않기 때문에 저렇게 내게 말 하는구나' 생각하며 거절감을 느꼈다.

2. 여자친구와 데이트를 하며 내가 근무하는 회사에 대해 어려움을 이야기하는데, 여자친구가 내 편을 들지 않고, 회사의 입장에서 이야기하였고, 내 생각이 틀린 것 같다고 이야기하였다. 여자친구는 무조건 내 편이 아니라는 마음에 여자친구가 날 그만큼 좋아하지 않는구나

268 이제는 감성코칭

하는 생각이 들어 마음이 가라앉는다.

1번의 경우에서는 표면적 언어 그대로를 받아들여야 하는 태도가 필요하다. 명확한 소통을 하려면 표면적으로 표현된 언어 자체로 객관적으로 인지하고 반응하는 태도를 기르는 것이 좋겠다.

2번의 경우는 비언어적 사용의 목적을 아는 것이 필요하다. 보통 연인이나 부부, 가족 간의 관계에서 해당된다. 친밀한 사이에서는 표면적 언어 사용보다, 비언어적 목적 언어로 울고 웃는 경우가 많은 걸 본다. 여자친구가 남자친구를 지금보다 훨씬 더 많이 좋아해도, 이 부분에 대한 답변은 동일했을 것이다.

🌼 그 사람을 사랑한다는 것

여자는 자주 약속시간에 늦게 나온다. 남자는 거의 그 사람과 약속시간을 지킨다. 남자는 내 여자가 자주 늦어도 괜찮다. 한 번은 남자가 약속시간에 늦은 적이 있다. 여자는 마음이 상했다. 그리고 남자에게 말했다. 약속시간을 지켜 달

라고. 약속시간에 네가 늦게 나오면 당신과 만나는 하루가
너무 힘들다고. 여자는 남자에게 우리가 계속 만나는 것에
다시 한번 생각해 보자고 말했고, 남자는 당황했다.

❊ 내가 사랑하는 너

내가 사랑하는 사람은 과거의 네가 아니야.
내가 사랑하는 사람은 지금 나와 마주하고 있는 너야.
내가 그리던 이성에 대한 조건이 있었지만, 너를 만나고
나서 이젠 네가 좋아.

❊ 침묵

사랑하는 사람이 할 수 있는 최고의 성숙된 표현, 침묵.
거의 모든 사람들이 침묵의 고요한 시간 속에 자기 반성적
사고를 하게 되므로.
그 침묵의 시간 속에 서로 내면의 부유물이 가라앉고, 정
화되어 간다.
정화되지 않은 상태에서의 오고 가는 말들은 뿌연 물 앞에
가려진 시야처럼 맑지 않다.

관계를 당장 풀고 싶은 조급한 마음을 내려놓자.

묵묵히 그 시간 인내하는 것은 사랑하는 이에게 줄 수 있는 최고 수준의 사랑이 아닐까.

🌼 여자들의 습성

여자는 종종 남자에게 일부러 상처 주는 말이나, 마음에 없는 말을 한다는 것을 꼭 기억해야 한다. 여자의 심리 안에는 나의 어떤 말과 행동에도 그 사람이 묵묵히 자리를 지켜 주고, 온유하게 나를 대하며, 배려하는지를 무의식적으로 테스트하는 것. 특히, 남자를 최종 선택할 때 쓰는 무의식적 기술이기에, 남자는 미리 알고 대비하는 게 필요하다.

🌼 부부 사이 필수 아이템 '싸움＋직면＋변화'

관계 때문에 행복하고, 관계 때문에 가장 힘들기도 하다.

사랑해서 결혼하고, 결혼해서 서로를 더 사랑하기 위해 수많은 부부들이 피 터지게 싸운다는 것을 아는 것이 중요하다. 선배 부부는 결혼해서 피 터지게 싸우고, 아이 낳고 박 터지게 싸우고 있다고 얘기해 주었다. 더 사랑하기 위해, 더 깊어지기 위한 필수코스는 피 터지게 싸우는 것 아닐까? 그리고 더 깊어지기 위해 자신이 변화해 간다. 여기서 부부 사이에 자신이 변화하지 않으면 같이 살기 어려울 수도 있다.

가족이나 부부, 애인 사이 같은 너무 친밀한 관계일수록 경계선은 반드시 필요하지 않을까?

인간은 연약하고 부족하고 악한 경향을 지닌 것 같다. 그러므로 누구를 만나든 남녀를 막론하고 같이 살든, 같이 일을 하든 연약함이 부딪히게 되는 것 같다.

상대를 이해한다는 것은 뭘까.

흔히 존재를 이해한다는 말을 많이 한다. 여기서 상처가 있거나 결핍이 심한 분들은 존재적 이해라는 말이 잘 이해가 안 될 수도 있을 것 같다. 상대의 어떤 행동이 꼭 나를 사랑하지 않아서, 나를 무시해서 그런 것 같다는 생각이 들 수도 있다. '내가 아니었다면 나한테 이렇게 했을까?'란 생각도 들기도 한다. '나를 싫어해서, 나를 사랑하지 않아서 저렇게 나한테 하는 걸 거야'라는 왜곡된 인식을 하기도 한다.

기억해야 할 것은 저 사람은 나와 다르다는 것, '저렇게 반응하는 것은 이유가 있을 것이다'라고 생각해 보면 어떨까. 어떤 악한 의도가 있어서 그런 게 아니라는 생각을 떠올리는 것. 다름을 그냥 인정하는 것을 넘어 이해하려고 애쓰는 것. 첫 번째 인정이 머리로 하는 것이었다면, 두 번째 인정은 마음으로 하는 것. 좀 아프고 다툼이 있더라도 더 깊이 있게 대화해 보고 그 사람을 더 알려고 노력하는 것. 그래서 '저렇게 반응하는 것은 이유가 있겠지?'라는 잠정적 결론을 넘어서는 내 안에 설명되지 않아도 묵직한 신뢰들.

"왜 저렇게 반응할까?"

내 직감으로 판단하기 전에 이유를 아는 것이 매우 중요한 것 같다. 마음 가운데 이해의 실타래가 풀리면서 정서적인 교감이 일어날 수도 있다. 깊은 이해가 펼쳐지게 되는 것이다. 상대방이 저렇게 반응하는 것도 성숙하든 미성숙하든 사랑이라고 생각해 보자. 저렇게 표현하는 방식이 나와 다르고 내가 불편할지라도 우리가 서로 사랑한다면 '저 방식도 사랑이야'라고 내가 먼저 성숙하게 안아 줄 수 있지 않을까.

🌼 어쩌면 여자가 남자를 보는 중요한 7가지

1. 나를 끝까지 아끼고 정말 사랑하는가에 대한 남자의 확신과 표현
2. 외부적 안정: 내 미래를 맡기고 이끌어 갈 재정적 준비와 능력. 가장으로의 책임감
3. 정서적 안정: 화내지 않고 나의 모습을 있는 모습 그대로 이해하고 수용
4. 대화: 서로 대화가 되는지, 문제의 지적 앞에 자신을 돌아볼 수 있는지
5. 존경과 신뢰: 이 사람의 내적 성숙도와 믿을 수 있는 사람인가의 신뢰도
6. 자기관리를 잘하고, 외적인 관리를 깔끔하게 하는가?
7. 따뜻함과 배려와 매너가 있는가?

🌼 어쩌면 남자가 여자를 보는 중요한 5가지

1. 내가 목숨을 걸고 사랑할 만큼 외적, 내적으로 예뻐 보이는가?
2. 대화가 잘되고, 주로 나의 장점을 인정하고 배려해 주는

가? 나를 지적하고, 고치려고 하는가?

3. 이 여자와 결혼할 정도로 사랑하고, 신뢰가 가는 사람인가?

4. 결혼에 대해 세속적으로 보이는가? 내가 돈이나 능력이 없더라도 나를 사랑해 줄 수 있는 사람인가?

5. 친구들이 많고, 하고 싶은 게 많은 성향인가? 가정적인 성향인가?

🌑 결혼 전과 다른 관점인 결혼 후

결혼 전에는 이 사람의 최악의 단점을 보자. 단점을 내가 감당할 만한 것인가를. 결혼 후에는 이 사람의 최고의 장점만 보자. 서로의 끌림과 감정으로 사랑하여 결혼한 사이라는 것. 배우자는 그 서로의 성향이 반대성향인 확률이 높다. 그 반대성향은 결혼 전에는 본능적으로 끌린다. 결혼 후에 서로를 판단하는 도구가 된다. 그래서 결혼 후에는 의지적으로 내 사람의 장점을 보자.

🌸 배우자의 이것만

배우자의 이것만 하지 않았으면 하는 마음, 이것만 고쳤으면 하는 마음.

상대방도 나에게 그런 마음이 왜 없겠는가.

바뀌길 바란다면, 바뀌기 전까지 얼마나 마음이 힘들까.

사실, 사람은 평생 안 바뀔 확률이 매우 높은데.

그것보다 빨리 그 사람의 내 배우자로서의 장점만 보는 게 더 유익이지 않을까 생각될 때도 있다.

🌸 만남의 반복성

두 달에 한 번씩 사귀고, 헤어지고 한 달이 안 되어 다른 사람과 사귄다. 한 사람으로 내 마음이 채워지지 않고, 사람들을 많이 사귀어 보지만 그 사람과 3달을 넘지 못한다. 만나는 사람마다 나와 맞지 않는 사람만 걸린다. 하늘을 원망해 보기도 하고, 재수 없는 팔자라고 생각해 보기도 한다. 나는 남들보다 사람들을 많이 만나는데, 대시도 많이 받고 내 주변에 나에게 관심 갖는 이성들이 아직도 많은데 왜 잘 안될까? 무엇이 문제일까? 혹시 문제가 다른 곳에 있는 걸까?

✺ 그 사람과 리얼 소통하려면

내 마음이 어렵게 된 구체적인 사건을 이야기하면 어떨까.

어제 너와 그 부분 이야기하다가 어떤 부분에서 내가 마음이 조금 어려웠어. 그 부분을 어떤 생각과 목적으로 말했는지, 궁금한데 이야기해 줄 수 있을까? 그 이야기를 들었을 때 내 마음이 상하는 부분이 있었어. 그 부분에서 내가 오해가 있다고 생각이 들어서 물어보고 싶었어.

✺ 결혼 그 이후

사람은 결혼하면 내가 배우자를 바꿀 수 있다고 생각한다. 생각과 현실은 분명 다른 것 같다.

이 세상에서 가장 사랑하고, 가장 믿을 만하고, 미래를 평생 함께하고 싶은 사람이기에 결혼하였고, 사랑하지 않아서가 아니라 조금한 성격 차이라는 이유로 많은 사람들이 이혼을 생각하고 때로는 결정하기도 한다. 이혼을 하면 '지금보다 낫겠지'란 마음으로 결정하는 경우가 많을 것이다. 싱글의 삶에서 결혼하면 그때부터 결혼의 삶이 시작되는 결혼 1년 차가 되는 것처럼. 만약 이혼을 한다면, 이혼도 이혼 후 이혼 1년 차의 삶이 그때부터 시작되는 것 같다.

초혼 아닌 재혼에서 더 잘사는 이유가 있을 것 같다. 만약 재혼해서도 헤어지면 이혼을 2번 하게 되는 것, 그때부터는 이혼의 이유에 '내 문제다'라는 말이 나올 수 있지 않을까. 몇 배 더 화를 참고 더 노력하기 때문에 부딪힘이 덜 할 수 있는 것 같다.

내가 아닌 다른 사람과 깊이 관계를 맺는 것은 여러 사람과 관계를 맺는 것과 같아 보인다.

나의 거절감으로 배우자와의 부딪힘에서 나를 너무 싫어한다고 착각의 결론을 내리지 않았으면 좋겠다. 화날 때 하는 말의 표현을 진심으로 받아들여 상처받으면 안 된다. 화날 때는 사랑스러울 때 하는 말과 행동도 엎어 버리는 파괴적 비판이 들어 있다. 우리는 기억했으면 좋겠다. 화날 때 하는 말과 행동은 진심이 아니라는 것. 내 마음에 깊이 박힌 그 상처의 돌을 이제는 개울물에 흘려 보내보면 어떨까.

✿ 배우자 만날 준비

나를 모르면 남을 사랑할 수 없고 내 생각이 여전히 확실히 맞다면, 그 모습 그대로 상대를 사랑할 수 없다.

아직 나의 연약함과 마주하지 못했다면 그 연약함의 피해자는 배우자가 된다. 나와 직면했을 때 비로소 내면의 회복이 시작되고, 배우자와의 관계 회복이 시작된다. 나의 약함을 아는 것, 나의 교만을 아는 것, 나의 부족함을 아는 것. 그것은 인생에서 정말 중요한 일이다.

🌸 진짜 모습이 드러나는 진짜 사랑

사랑하는 사람이 짜증내는 것은 나이기에 짜증내는 것이 아니라 원래 그런 성향인데 나와 관계가 깊어지면서 그런 기질이 온전히 드러난 것일 수 있다.

사랑하는 사람이 집 밖에 자주 나가는 것은 나를 보기 싫어서가 아니라 원래 에너지가 밖으로 향하는 기질일 수 있다.

사랑하는 사람이 혼자 있고 싶다는 것은 내가 싫어서 다른 무엇을 하려고 그러는 게 아니라 원래 컨디션이 예민해지면 혼자 있고 싶어 하는 기질이라는 것.

진짜 사랑하면 나의 진짜가 드러난다.

🌱 결혼이 힘든 이유

결혼하면 펼쳐지는 모든 게 처음이기에.
나도 남편이 처음이라 그래. 나도 아내가 처음이라 그래.

부부 사이에 서로 오해가 있을 때 관계지향적인 사람들은 싸우더라도 그 관계를 풀려고 대화를 시도할 것이다. 그 배우자는 그 기질과는 반대일 확률이 높기 때문에 혼자 생각하며 회복하는 스타일일 것이다. 이 부분은 혼자 생각하며 관계를 풀어가는 기질 쪽의 배우자를 배려하는 게 맞는 것 같다. 시간을 갖되, 기간을 정하면서 관계지향적 배우자를 배려하며, 그 시간에 혼자 생각할 시간을 갖는 게 좋겠다. 싸우며 했던 말과 행동, 서로 비난하며 나온 이혼 이야기 등은 그 순간 화가 나서 서로 공격하기 위한 말들이기에 큰 의미를 두지 말고 흘리자.

배우자는 나의 분노 지점을 어떻게 그렇게 알고 그것을 매섭게 공격할 때가 있다. 사실 알고 보면, 사랑하는 사람의 말과 행동이 나를 공격하는 게 아니다. 그 사람은 원래부터, 나를 만나기 전부터 그런 성향이고 반응일 수 있다는 것을 기억하면 좋겠다. 다만, 터지는 상황을 나와 대화에서 맞이하게 돼서 그런 말과 표현을 하게 된 것으로 보는 게 맞을 것이다. 그러면 내가 방어하거나 맞대응할 필요 없이 의연하게 넘어갈 수 있다. 내가 의연하게 넘어가면 배우자와 서로의 다툼에서 잔잔하게 끝날 수 있다.

🎆 남과 여

당신을 정말 사랑하는 남자는 정말 힘들어도 여자가 원하는 삶을 살기 위해 변화하고 당신을 정말 사랑하는 여자는 아무리 화를 내도 늘 당신 곁에 머물러 있다는 말이 있다. 자기의 연약한 모습, 못난 모습, 예민한 모습은 자기 남자에게만 보여준다(여자는 타인에게는 자기 연약함을 잘 보이지 않는다).
남자는 그것을 용납해 줄 때 여자는 그것에 안정감을 누려 회복의 걸음을 걷게 될지 모른다.

🎆 표현보다 더 확실히 알 수 있는 그 사람의 마음

말의 표현으로 그 사람의 마음을 아는 데 한계가 있다. 그 사람의 나에 대한 마음은 삶에서 알 수 있다. 그 사람이 나를 얼마나 사랑하는지. 언어로는 사람의 마음을 그대로 담을 수 없기 때문에 그렇다. 사람의 마음은, 마음으로 알 수 있다. 그렇기 때문에 그 사람의 사용하는 언어로 상처 받지 말고, 서운해 하지 말자. 성향에 따라, 성숙도에 따라, 컨디션에 따라, 심리상태에 따라 서로 마음에 없는 말을 사용하는 경우도 있기 때문이다.

🎇 질투의 발생원인

남녀 사이에서 이성에 대한 질투는 상대방을 사랑하기 때문에 또 다른 이성에 대해서 질투의 감정을 느끼는 것. 이것은 내 내면이 건강한지, 그렇지 않은지 분별하기 이전에 자연스러운 흐름이라는 것을 우선 기억하면 좋겠다. 사랑하기 때문에 질투할 수 있는 거 아닐까. 사랑하는데 전혀 질투하지 않는 것이 무조건 성숙이라고 보긴 어려운 것 같다. 모든 사랑의 관계에서 질투가 발생하는 것은 아닐 수 있다. 그 질투라는 감정 때문에 연인들이 많이 헤어지기도 한다. 그렇다면 우리는 질투의 감정을 자연스레 받아들이고, 질투의 시작 지점을 잘 살펴볼 필요는 있는 것 같다.

회사 선후배나 교회 동역자들이 나에게 부탁할 때 나는 상냥하게 답변하지 않는가. 그 친절과 상냥함은 특별한 의도나 의미가 없다. 질투가 큰 문제가 되는 이유는 상대방 말과 행동에 나의 생각의 의미를 더하기 때문에 생기는 것 같다. 상대방의 행동 이전에 내 안에 질투를 유발시키는 열등감이 있진 않은가 돌아보면 좋겠다. 질투는 할 수 있지만, 그 선을 넘으면 돌아볼 필요가 있는 것 같다. 질투가 날 때 질투 난다고 이야기하는 것이 건강하고, 상대방도 온전히 알아듣는 것 같다. 그 질투의 감정을 숨기고, 돌려서 이야기하거나, 그 사람을 비하하거나, 다른 것을 핑계로 짜증을 내면, 서로의 관계에 상처가 되지 않을까.

✼ 여자의 우월성

결혼해서 여자들이 힘들어하는 부분은 아마 남자들의 말과 행동과 남자들의 가장으로서의 책임감과 능력, 이런 것이 아닐까. 여자들의 요구에 남자가 사랑으로 행동과 말투가 변화하지 않고 책임감 없이 고집을 부릴 때 다툼이 생기는 것 같다. 여자들은 왜 남자들의 책임감을 원할까. 여성 입장에서는 돈은 안정감이며, 사랑받는 수단 중에 높은 수단임은 분명

한 것 같다. 건물로 비유하면 기본 틀로 비유하고 싶다. 틀이 없는 상태에서 서로 건물들을 아름답게 꾸며가기란 불가능에 가까워 보이기도 하다. 여자의 이런 추구함은 단지 잘 먹고 편한 삶을 위해서가 아님을 남자는 기억하면 좋겠다. 내가 보호받고 자녀를 안심하고 양육할 수 있는 본질적인 안정감 추구라는 것. 그것의 조건이 불충분하면 가정 안에서 불안이 생길 수 있는 것. 남자들은 자기의 꿈과 비전보다는 매월 고정으로 아내에게 월 급여를 어떤 일의 형태로든 갖다 주는 것이 가장의 책임감이라는 것을 아는 것이 중요한 것 같다.

❋ 내가 애인에게 바라는 것, 하지 않았으면 하는 행동

연인 사이에서 내가 정말 싫어하는 행동은, 내가 부모에게서 받아 내 안에도 어느 정도 내재되어 있는 것일 확률이 매우 높다. 사람들은 그 내재되어 있다는 것을 거의 모른다.

내가 부모로부터 분노와 짜증을 받으며 자랐다면, 나의 애인에게 그와 같은 분노와 짜증을 받았을 때, 그 사람과 바로 헤어질 수 있을 정도로의 충격을 받는다. 그래서 사람마다, 헤어지는 사연과 이유가 다 다른 것이다. 부모로부터 받은 상처가 모두 다르기 때문에.

🌺 사랑하는 그 사람

남녀의 성별 차이, 원 가정의 영향 차이, 타고난 기질의 차이, 자라온 배경 차이, 생각하는 가치관의 차이, 혈액형, MBTI, 애니어그램 등 여러 차이들로 인해 말의 표현과 행동의 차이는 분명 사랑하는 남녀 사이에 발생한다. 그렇기 때문에 서로 소통하는 것에 오해가 생기고, 의견충돌과 다툼이 생기게 되는 것 같다. 하지만 이해되지 않고, 상처가 되는 그 사람의 말과 행동 자체를 우선 내려놓고, 그 사람과 나 사이의 남녀의 성별 차이, 원 가정의 차이, 타고난 기질의 차이까지만 파악하고 분석해 보면 어떨까. 그와 동시에 나의 원 가정의 영향, 나의 타고난 기질을 분석해 본다면, 결국 그 사람과 내가 말하는 것이 같은 맥락인데, 서로 이해하고 표현하는 과정 속에서 서로의 연약함의 부분 때문에 다르게 해석되는 부분에서 문제가 생기는 것을 보게 될지 모르겠다.

많은 알려진 연예인들이 다툼과 헤어짐까지 가는 이유 중 하나를 성격 차이라고 이야기한다. 난 그냥 하는 이야기로 '성격 차이라고 이야기했겠지……'라고 생각한 적이 있다.

하지만 많은 커플들을 보고, 나도 가정을 이루어 삶을 살아 보니, 위의 요소들로 인해 서로 오해하고, 각자의 어릴 적 상처들로 인해 원래 의미와 다르게 각 개인이 상처를 받고, 그것에 감정이 격해져 더 큰 상처를 주고받을 수 있다는 것의 흐름을 알게 되었다.

결국, 사랑하는 남녀 사이에서는 서로 사랑해서 결혼하였고, 더 사랑받고 싶은데 그것이 내 배우자를 통해 공급이 되지 않았다고 생각될 때 서운한 감정을 표현하게 된다. 감정을 표현하는 과정에서 서로의 각자 살아 온 스타일대로 표현을 하고, 그 표현의 스타일에 따라 서로의 연약함을 건드리게 되고, 그 과정에서 각자의 스타일로 해석을 하게 되면서, 서로 오해가 되는 이 메커니즘을 이해하면 어떨까. 사랑받고 싶은데 그 서운함을 표현하는 것을 좀 더 성숙함을 가지고 해 보면 좋을 것 같다.

서운함에 대해 어떤 이는 짜증으로, 어떤 이는 상대방을 자극하는 말투로, 어떤 이는 자기책임을 회피하는 방식 등 각자의 형태로 표출하면 상대방은 이해되지 않는 배우자의 행동에 당황할 수 있다. 느끼는 감정, 상한 감정을 내 살아온 삶의 배경과 함께 이야기해 주는 것이 꼭 필요한 것 같다. 내 배우자에게도 이야기하면 좋겠다. 상한 부분이 있다면 이야기해 주라고. 이 과정이 없이 5년, 10년 이상 살면 표현하지 않아도 내면 깊은 곳에 불신과 의심과 답답함이 그대로 자리 잡아 시간이 지나 터질지 모른다. 감정을 있는 그대로 성숙하게 표현하는 시도들을 오늘부터 해 보자.

🌱 참된 부부

부부가 되는 길은 쉬운 길이 아니다. 그 사람이 겪은 고난의 강을 내가 다시 한 번 건너기 때문이다.

배우자도 나와 똑같다. 내가 겪은 고난의 강을 그 사람이 다시 한 번 건넌다. 광야라는 게 있을까? 30~40년간 각자가 겪은 그 인생의 길을 둘이 만나서 두 배 이상의 무게감의 시간을 견디어 내는 것. 내가 배우자의 고난의 강을 빠르게 건너고, 배우자가 나의 고난의 강을 건널 수 있도록 기다려 주는 것. 배우자의 강을 건넘에 내가 할 수 있는 것은 없다. 서로의 강을 건넌 후에 비로소 보이는 게 있는 것 같다.

🌾 사랑의 시작, 아픔, 성장

남녀는 분명 최고로 사랑해서 결혼한다. 상처를 주고받고, 혼자일 때보다 더 힘들어한다. 사랑해서 결혼하고, 사랑의 아픔 때문에 다시 싱글을 선택한다. 개인의 여러 가지 연약함들, 단어 사용의 오해, 말과 행동들을 이해하지 못 함, 같은 상황의 서로 다른 해석들은 상처와 갈등을 발생시키고, 사랑해서 결혼했다는 전제를 흔들기도 한다. 신혼은 달콤하고 그 기간은 정말 짧다. 그 이후에는 개인의 연약함이 마주치는 시간들. 아무리 훈련을 받고, 통찰력이 깊은 부부라도 서로의 부딪힘에 당해 낼 장사는 없는 것.

우리는 인정했으면 한다.
서로 완벽한 조건이든, 그렇지 않든 서로 최고로 사랑해서 결혼했다는 전제를.

가끔씩 헤어지고 싶을 정도로 다투며 마음이 상할지라도, 다른 여러 말과 행동으로 결혼했을 당시 전제가 흔들리지 않았으면 좋겠다.

저 사람이 저렇게 말한다는 것, 저렇게 행동한다는 것은, '나를 사랑해서 결혼한 게 아니다' 혹은 '나를 지금 사랑하지 않는다'라고 전제를 흔드는 생각 적용을 하지 않기.

내가 지금 비참하기에 여러 생각을 만들어서 뿌리를 흔드는 생각으로 번지지 않게 하기.

비참한 생각에 빠지지 말자.

결혼 후에 누구나 반드시 부딪히는 부분이 생긴다.

결혼의 구조적 관점을 생각하고, 상대방을 힘들게 하는 지점에서의 나의 내면을 돌아보자. 나의 그 지점을 어릴 적 원가정에서 찾아서 하나씩 풀어가는 것이 회복의 여정이 된다.

결혼해서 부부들이 부딪히는 것은 다름 아닌
배우자의 말과 행동과 의식이다.

나의 뇌는 좋았던 기억과, 아팠던 기억 중
아팠던 기억 위주로 기억한다.

부부는 하나이기에, 내가 변화하지 않으면
부부 사이는 더 깊어지기 어렵다.
둘이 하나가 되는 것은, 아픔을 동반한다.

사랑해서 결혼했고,

더 깊어지는 관계 속에

힘들 때가 있다.

그것은 결혼 전에는 알지 못했던

서로의 마음의 연약함들 때문인 걸 알았다.

배우자의 연약함의 영역을 파악하고,

보호해 주며,

회복될 때까지 기다려 주는 것이

부부의 최고의 사랑이 아닐까?

내가 사랑하는 그 사람의 말과 행동이

정말 이해되지 않고, 짜증나고 화가 날 때,

바로 반응하지 말고,

10초간 마음을 가라앉히고 생각하며

"그 사람이 그렇게 말한 이유가 있겠지."

내 사람에 대한 완전한 신뢰는

그 사람을 회복시킨다.

그 신뢰할 수 있는 용기는 나의 짜증 나고

화나는 이유를 상대방의 말과 행동이 아닌

나의 내면의 무엇에서 발견한 사람에게만

주어지는 것이다.

3.
왜곡이즘

🌾 지푸라기 더미

지푸라기 더미는 주로 어릴 적부터 나도 모르게 자란 슈퍼 열등감이나 슈퍼 거절감 덩어리였을 수 있다. 비록 상대가 지금의 사람이 아니더라도 가까운 사람 중에 그런 말과 행동을 했을 때에는 나의 오랫동안 마른 지푸라기에 불이 붙어 활활 타오르는 분노의 불꽃이 올라온다. 작은 자극에도 타오르는 나의 지푸라기 더미. 살면서 얼마나 숨쉬기 힘들까.

내 안에 마른 지푸라기 불씨를 사랑하는 상대에게 말해 본 적이 있는가. 나의 마른 지푸라기 불씨는 나 외의 다른 사람들은 모른다.

🌼 생각의 겉옷

나의 신념, 나의 무의식의 옷을 벗을 때까지 나는 계속 세상을, 관계를 왜곡하고, 오해한다. 얼마나 불쌍한 인생인지.

내가 갖고 있는 '이건 이렇다. 이건 아니다' 하는 신념들. '내 생각이 맞다'는 지나친 확신.

그 왜곡된 옷을 벗지 않는다면 평생 잘못된 생각을 하며 오해하며 사는 것이다.

이것은 정말 억울한 일 아닌가.

여름에 모두가 더운데 나 혼자 아니라며 춥다고 겉옷을 3~4개씩 입고 집 안에서 나가지 않고 있는 꼴이다.

🌼 추측 상자

내가 사랑하는 애인에 대해 생각하고, 추측하고, 혼자 확신에 차 있는 나. 나의 마음속에 생성된 신념이 선행사건이다. 그 선행사건 안에 그것에 들어갈 만한 말과 행동이나 단어가 파리지옥처럼 잡혀 들어간다. 나의 신념의 상자에 그 상황을, 그 사람을 담아 버무린다. 그것은 내 안에 신념으로 해석되어 사랑하는 그 사람에 대해 생각, 추측, 확신으로 이어진다. 그 상자에만 들어가면 특정한 색깔의 추측과 확신의 옷을 입어 나온다. 난 그 생각의 상자가 익숙하고 편하고 자연스러워서 상대방을 그렇게 해석해 버린다.

❋ 상처는 흐른다

내가 어릴 적 가정에서 받은 상처는 사랑하는 관계를 만나면 그 사람에게 흐르게 된다.

사랑하는 사람을 만났을 때 비로소 내 상처는 빛을 발하게 된다는 것을 우리는 경험하게 된다. 보통 결혼을 했을 때 비로소 내가 이런 연약함과 상처가 있다는 것을 알게 된다. 상처 치유는 결혼 이후부터일 수 있다. 나의 결정에 따라 그 상처는 고스란히 자녀에게 대물림될 수도 있고, 내 대에 끊어질 수도 있다. 상처가 가지고 있는 흐르는 속성 때문에.

🌻 건강한 관계가 대체 뭘까?

25살에 대학교에 입학하여 늦깎이 대학생이 되었다. 선교 단체 동아리, 기독교 연합단체에 있으면서 여러 섬김을 하였 다. 내가 사역자도 아닌데, 여러 형제자매들이 나를 찾아왔 다. 거절 없이 나는 그들의 고민을 들어 주었다. 어느새 나는 어느 정도 따뜻한 형, 따뜻한 오빠가 되었다. 나도 맡겨진 섬 김, 봉사들을 가리지 않고 했다. 내 스스로 자부심이 넘쳤다.

다른 선후배들이 못하는 관계적인 소통과 위로를 나는 누 구보다 잘하고 있다고 생각했다. 하지만 나는 나와 비슷한 후배들을 보게 되었다. 대학 동생들이 선배들이 부르는 대로 만나주고 그들을 위로해 주는 모습을 보았다. 자신의 것이 없어 보였다.

그리고 나를 돌아보게 되었다. 나 역시 맞춰 주는, 가시적 인 모습들에 집중해 있었고, 나를 사랑하고 돌보는 시간이 없었던 것을 알았다. 나의 주도성은 없고, 타인에 맞춰진 삶 을 살아가고 있었던 것이다. 점차 나는 나의 내면을 깨달아 가고 어릴 적 부모로부터 받은 영향도 한몫 있었다는 걸 알게 되었다.

그 뒤로 정중히 거절도 하였고, 연락도 가려서 받기도 하였다. 내 시간의 확보를 먼저 하게 되었다. 회사나 교회에서도 시키는 것을 다 하진 않았다. 생각하고 말하게 되었다. 나의 내면이 좀 더 평안해지고 힘이 생기는 것을 느꼈다. 나를 돌아보는 것, 나부터 돌보는 관계가 되어야 하는 게 필요하구나라는 것을 강하게 느꼈다. 먼저 나를 아는 것, 그것과 마주할 수 있는 힘과 용기가 내게 필요하구나.

🌼 분노, 그 참을 수 없는 유혹

그 사람으로 인해 너무 화가 나는데 아웃하지 않으면 어떻게 될까? 나의 내면이 망가지는 느낌이다. 그렇다면 분노는 합당할까? 분노를 하고 나면 뒤끝이 남지 않는 것 같아 순간적 개운함이 있다. 하지만 분노에는 치명적인 중독이 있다. 이전보다 약한 분노는 내게 개운함을 주지 못한다. 분노할 때 한 번에 도파민을 많이 끌어올 수 있기에 좀 힘들면 분노로 가는 경향도 있다. 마약 후의 공허함처럼 내면의 공허와 죄책을 느낄 수 있다. 분노란 그런 것이다. 상한 감정을 표현하되, 너무 강하지 않게.

☀ 청년들의 핵심적 본능

청년들의 핵심인 연애와 성공. 두 큰 무게 중심 속에서 청년들은 성공을 위해서 결혼을 하기보다, 결혼을 위해 성공을 한다는 경우가 더 많아 보인다. 결혼은 관계의 꽃이고, 관계를 잘 돌아볼 때 결혼이란 것을 현명하게 준비할 수 있지 않을까.

남녀 사이, 그렇게 서로를 향한 배려와 존중으로 둘은 어른이 되어 갈 준비를 하는 것 같았다. 이런 과정 없이 결혼이란 것을 했으면 어릴 적 상처가 그대로 수면 위로 올라올 것이다. 결혼해서 둘은 한 몸의 존재로 서로 한 공간 안에서 지내기 때문에 서로의 모든 것들이 공유된다는 것을 미혼 청년들이 알고 있을까? 사랑스러움도 있지만 서로의 연약하고 치유되지 않은 어릴 적 자아와 마주치는 고통스러운 과정도 맞이하게 될 수도 있다. 어릴 적 용납 받지 못하고 다뤄지지 않은 모습들이 나올 때는 서로가 놀라기도 하겠지.

나이는 40인데 내면은 아직 중학생인 경우도 있다. 내면의 나이를 회복하지 못하고 갇혀 있으며 멈춰서 자라지 못한 것이다. 이러한 내면은 웬만한 사회적 관계에서 드러나지 않기 때문에 부부 관계에서만 알 수 있다. 유년 시절이나 청소년 시절에 다뤄지고 나서 결혼을 하면 매우 좋겠지만 대부분 그렇지 못하기 때문에 결혼 후에 그런 모습들을 우리는 마주하게 됨을.

우리가 하나 기억해야 할 것은 상대방의 그 행동이 나의 어떠함 때문이 아니라는 사실. 대부분 어릴 적 세워진 경험들이나 상처들, 세워진 신념들로 인해 그 부분이 상대방인 내게 흘러나오는 것. 나 역시 상대방에게 그렇게 의도치 않게 상처를 줄 수 있다는 것을 기억하기. '나는 맞다'는 생각이 강할수록 상대방의 다름을 이해하지 못하고 옳고 그름으로 상대를 틀렸다고 정죄하기 쉽다. 나를 돌아봐야 하겠다. 상대의 연약함이 내게 다가오더라도, 그것에 바로 반응하지 않고, 그 느낌이 있지만, 객관적으로 보려는 시도.

🌸 나는 자존감이 낮아서 괜찮아

자존감이 낮은 상태에 머물게 되면 과거의 어떠함을 이유로 예뻐지기 위해 노력하지 않아도 되고 자신을 꾸미지 않아도 되는 것 같다. 나 자신이 부족해 보이는(사실 부족한) 이 상태를 극복하기 위해 노력하지 않아도 되고, 그냥 부족한 상태로 머물러 있어도 된다. 무조건 더 예뻐지기 위해 자신을 꾸미고, 노력해서 변화하는 것보다, 못난 것을 인정해 버리는 게 더 편하다.

🌸 65세 이상인 분들에게 사는 동안 가장 후회하는 일

인생의 80% 이상을 지난 그들이 가장 후회하는 일은 무엇이었을까? 내가 그 사람을 더 사랑하지 못함도 아니요, 내가 진정 하고 싶은 것을 더 도전하지 못함도 아니었다. 그 사람을 용서하지 못함도 아니었고, 더 봉사하고 희생하지 못함도 아니었다. 그들이 65년 인생을 살면서 가장 후회되는 것은 하지 않아도 될 걱정을 너무 많이 한 것.

✸ 왜곡 노트

내가 갇혀 있던 생각에서 깨닫는 부분이 있다면 그때마다 휴대폰 메모장에 적어 두자. 그것이 반복적으로 쌓이고, 내 안에 반복적으로 기록될 때 나의 왜곡된 시선과 마음은 조금씩 제 자리를 찾아갈 수 있다. 회복은 원래 왜곡되기 전 상태로 돌아가는 것이다.

✸ 가만히 있지 못함

쉬는 날에도, 쉬는 시간에도 쉬지 못한다면? 내 생각은 정리되지 않은 혼탁한 상태일지 모르겠다. 쉼은 용기이고, 결단이고, 신뢰이다. 쉬지 못하고 여전히 쉬는 날에도 무언가를 하거나, 움직이고 있다면 나는 불안한 상태일 수 있다. 내 마음이 불안하기에 계속 무엇을 하면서 내 안에 있는 불안을 돌려 막는다. 마치 카드빚을 다른 카드로 돌려 막는 것처럼.

✸ 내가 생각한 대로, 내가 믿는 대로

삶을 더욱 본질적으로 바라보면, 삶은 현상이라기보다 해석으로 이루어져 있는 게 아닐까.

배우자와 만나서 어떤 이는 너무 다행이고 감사한 반면, 어떤 이는 배우자를 만나서 고통으로 반응한다. 비슷한 구조에서 다른 반응들과 해석은 내가 생각한 대로 삶을 바라보기 때문이 아닐까.

망상은 사실이 아닌 부정적 시나리오를 기반으로 한 픽션이다. 망상은 망상이다. 망상은 허구다.

🎇 나의 확신

사랑하는 사람 사이에서 힘든 이유는 내 입장에서 상대방이 도저히 이해가 안 가기 때문일 것이다. 그래서 성격 차이란 말로 서로 다투다 멀어지게 되는 경우도 많이 보았다. 도저히 이해가 안 간다는 기준의 확고함은 '내 생각이 맞다'라는 자기 확신이 강할수록 높아지는 것 같다. 사랑하는 사람과 멀어지게 하고, 나의 고립을 가중시키는 나의 확신.

🌾 돌아다니는 열등감

열등감은 꼭 하이에나 같다. 열등감의 위치는 내 마음속 깊은 곳, 드러나지 않는 그곳에 있다. 그래서 타인도 내가 열등감이 있는지 모르고, 심지어 나 자신도 열등감이 있는지 없는지, 있다면 어느 정도인지 모르고 사는 경우가 많을 수 있다. 열등감은 내 안에서 없애지 않는 한 계속 돌아다니며 열등감의 재료들을 찾는다. 그 대상은 현재, 미래, 과거를 가리지 않는다. 심지어 재료가 없으면 가상의 재료를 만들어 열등감을 그곳에 심어 기른다. 열등감을 해결하려면 그 재료들을 없애는 것이 아니라는 것을 기억하자. 내 안에 하이에나를 잡으면 열등감이 잡힐 수 있다.

🌾 이제 내 안에 부.감.메(부정적 감정의 메커니즘)를 도려낼 시간

부정적 감정은 가만 놔두면 흐르고 그 덩어리가 계속 커진다. 뇌가 큰일들을 기억하고 그것은 감정으로 연결되어 나의 생각에 깔리게 된다. 이것을 빠르게 처리하지 않으면 딱딱하게 굳어 버려 어떠한 상황이든 부정적인 해석으로 결론나기 쉬워진다. 그리고 상황을 마주하지 않고 가만히 혼자 있어도, 그 부정적인 딱딱한 기운들이 올라와 나의 감정과 생각에 영향을 자주 미칠 수 있다. 아침에 일어났는데 우울하고 무기력하며, 혼자 있어도 짜증과 분노가 일어날 수 있는 것. 이는 가까운 가족이나 배우자에게 그대로 영향을 미칠 수 있기에 부정적 감정을 다루는 일의 작업은 **빠르면 빠를수록** 좋은 것 같다. 가령, 매장에 갔는데 직원이 나를 대하는 태도가 친절하지 않으면 짜증과 분노가 일어날 수 있다. 길을 가다가 길이 막히면 짜증나는 기운과 욕설이 나올 수 있다.

이는 나 혼자만 부정적 영향에 사로잡히는 것을 넘어 타인에게 그 영향을 줄 수 있다는 것. 치열한 저항과 치열한 통찰, 치열한 훈련을 통해 부정적 메커니즘을 끊을 수 있다. 나도 모르게 이 세상을, 상황을 부정적으로 바라보고, 나 혼자만의 감정의 부패가 일어나는 것. 나만의 주관적인 생각에 매몰되어 상황을 온전히 바라보지 못하는 것이 얼마나 안타까운지. 그 매몰된 생각에서 나와 보는 건 어떨까. 혼자서 나오기 정말 힘들 수 있다.

질병을 내가 스스로 치료할 수 없듯이 상담, 코칭을 통해서 도움을 받으면 좋겠다. 한 번에 치료되지 않기에, 꾸준한 관리와 치료가 필요하지 않을까. 나를 빠르게 모니터하고, 시간과 에너지를 들여 일정 시간 훈련을 하여 이 메커니즘에서 이제 나와 온전한 감정을 갖길 소망한다. 그리고 이제 세상에서 내가 사랑하는 사람들과 평안하게, 의연하게 살아보면 좋겠다.

🌼 나의 불안, 두려움에 관여하는 편도체의 활약

뇌의 편도체란 곳은 익히 들어서 알 것이다. 어릴 적 트라우마를 겪었을 때 그 부분이 전환되지 않고, 상처의 기억으로, 부정적 기억으로 자리 잡히면 지금 성인의 나이에서도 영향을 미칠 수 있는 것 같다. 이 부분은 같은 상황이 반복되는 것을 본능적으로 거부하는 자연적 신호인데, 인간 개인에게 미치는 신호는 고통스러울 수 있다. 편도체로 인해 느껴진 감정들을 억지로 누르기보다 올라오는 신호들을 잘 살피고, 감정들이 온전히 드러날 수 있도록 방해하지 않는 것이 필요하다.

어릴 적 나를 혼낼 때 어떤 폭언이나 폭력은 심하게 없었지만, 아버지의 인상과 기운이 내게 무의식적으로 생각보다 크게 자리 잡았다. 그래서 나는 사회생활을 할 때에도, 가까운 사람과 소통할 때에도 그런 인상과 기운이 느껴지면 난 눈치가 보이고 당황스럽고, 피하고 싶을 때가 많이 있었다. 심지어 강하게 방어하거나 상대를 공격하려는 나의 행동을 보게 되었다.

나는 원래 그런 센 기운의 사람을 싫다고 치부하고 살았지만, 내 자신을 돌아보면서 그 기운의 원천은 어릴 적 가정에서 나온 것을 알았다. 공간적으로 정서적으로 그 부분들과 나를 분리하려고 애썼다. 내가 예민하거나 내가 세게 반응되는 부분은 어릴 적 내게 고통스러운 부분에 대한 편도체의 반응일지 모르겠다. 살고자 하는 나의 자연적 반응이기에 나 자신을 불쌍히 여기는 태도가 필요하지 않을까. 이 편도체의 작동원리와 그 편도체가 그렇게 반응하게 된 어릴 적 원인을 살피고, 그 지점을 분리하고, 용서하고, 내려놓는 용기. 함께 그 용기를 내 보자.

🌱 오해하지 마, 그 사실 아냐

사랑과 사랑 사이에 수많은 내면의 장애물들이 존재한다.

왜곡하고, 추측하고, 의심하고, 불신하며, 오해한다. 서로 사랑하면서 그런 생각이 든다.

이것은 나도 모르는 왜곡의 옷을 입고 있어서 그런 것이라는 것.

왜곡의 옷은 잡초랑 비슷해서, 옷을 벗어도 또 생기고, 또 자라고 그리 한다.

잡초를 다루는 방법은 우선 자주 관리를 해 주고, 약을 뿌려 주면 잡초는 어느 정도 잡히는 것 같다. 부지런함으로 관리를 해 줘야 하는 수고가 필요하다. 그래야 나의 왜곡의 옷이 벗겨지고, 상대방의 말과 행동에 추측을 더하지 않을 수 있다. 관리를 통해 잡초가 더 이상 자라지 않는 땅이 되듯이, 왜곡이 심겨진 내면의 밭도 관리를 통해 왜곡이 제거된 내면의 밭이 만들어진다는 것.

올해 마흔이 된 철이는 교회에서 알게 된 한 살 동생 미애를 보며 사랑을 하게 되었다. 마침 그 마음을 표현하지 않으면 안 될 것 같아, 표현을 했고 미애는 불편함과 당황스러움에 우선 연락을 피하기 시작했다. 철이의 관심과 사랑의 표현에 미애는 "한 달 정도 몇 번의 데이트를 해 보자!"라고 제안했다. 철이는 희망을 갖고 데이트를 시작했고, 철이는 항상 똑같이 마음을 표현했다. 그렇게 주 1회씩 만났다. 주 1회 만나는 것 외에 연락은 거의 철이 쪽에서 먼저 하는 편이었고, 철이는 미애의 마음을 알 수 없고, 답답한 마음에 친구들에게 상담을 많이 하였지만 친구들도 뾰족한 답을 주지 못했다. 그렇게 약속한 한 달이 지났고, 철이의 사귀자는 말에 미애는 아직 모르겠다고 대답을 하였다.

미애는 기질이 어떤 것을 선택할 때 분석적이고, 엄청 신중하며, 관계에 대해서, 관계 소통에 대해서 큰 의미를 두고 살지 않는 성향인 걸 철이는 몰랐다. 그래서 한 달간 거절감과 열등감이 요동치며 혼자 힘든 시절을 보냈다. 미애는 철이 오빠를 아직 잘 몰랐다. 미애는 결혼하며 부모님을 돕는 일에서 분리되고 싶은 마음이 컸다. 그래서 배우자 될 사람의 직장과 어느 정도의 갖춘 능력을 보게 되었다. 그리고 예민한 나를 있는 모습 그대로 받아줄 수 있는 내면이 성숙하고 바다같이 마음이 넓은 남자, 깔끔하게 자기관리도 잘하는 남자, 대화가 깊이 통하는 남자 등 여러 위시리스트를 갖고 있었다. 미애에게 마음을 표현한 철이 오빠가 좋지만, 결혼할 배우자로서 안정감을 느낄 수 없었다.

미애는 신중한 기질이며, 관계지향적이지 않아 이 관계를 어떻게 표현해야 하는지도 잘 몰랐다. 결정적으로 30대 후반이기에 사귀면 결혼을 해야 할 나이이기에 연애를 시작하기에 더 신중할 수밖에.

자존감이 낮고 관계지향적인 철이는 미애의 기질이나 성향을 분석하지 않고, 미애와 얼른 사귀고 싶은 마음이 불타오르는데, 미애의 반응 자체가 자기 생각과 달라 혼자 낙심의 늪에 빠져 있다.

철이는 알아야 했다.

미애는 철이를 만나기 전부터 물건을 고를 때에도 신중했고, 원래 사람을 만날 때, 누구를 사귈 때 엄청 신중했다는 것을. 편한 친구 같은 이성이 어느 날 마음을 갖고 표현했을 때 여자는 어느 정도는 멈춘 상태에서 생각할 시간을 갖기도 한다는 것에 대해, 호불호가 확실한 여자들의 성향에 대해, 신중한 여자 기질에 대해, 30대 후반 여자들의 특징에 대해, 사귀거나 결혼을 하기 위해 여자들의 기본적인 니즈파악에 대해, 미애의 원래 말과 행동의 스타일에 대해, 그리고 철이 자신의 낮은 자존감에 대해.

왜곡은 수학과 같은 것 같다.

난해한 수학문제에 빠졌을 때

공식이나 문제풀이 팁을 보면 해결된다.

갑자기 부정적인 생각의 늪에 빠져 갇혀 있을 때,

난해한 상황에서 평소 빠져나온

공식과 해법들을 적어 놓은 것을 보자.

그러면 헤매는 시간과 소비되는 에너지 없이

쉽고, 명쾌하게 그 생각의 늪에서

빠져나올 수 있을 것이다.

나를 조종하는

그 누군가의 메커니즘:

그들의 주특기—생각을 공격한다.

생각은 흐른다.

대부분 부정적으로.

그 생각은 나의 판단을 만들고,

그 사람에 대한 미움을 키운다.

나의 영혼을

자유롭지 못하게 구속한다.

내가 사랑하는 사람의 말과 행동과

반응하는 나 사이에는

그것을 있는 그대로 전달되기가

매우 어렵기에 다툼이 일어난다.

말의 의도와 단어 선택,

그 단어를 향한 느낌,

화자와 청자의 해석이 모두 다르기에

왜곡이 발생하는 것이다.

4.
고통을 택하고

☀ 고통의 통찰

종종 보게 되는 '말씀의 검'이란 영상에서 스펄전 목사님은 우울증이 너무 심해서 그의 설교에서도 우울증으로 고생하고 있다는 것을 고백하기도 하였다.

엘리야, 욥, 다윗 역시 우울증의 증상을 앓았다고 나온다. 아내가 27년 동안 아파서 예배에 참석 못 하는 지경도 있었다고 한다. 스펄전은 통풍, 관절염, 신장염과 같은 질병을 스스로 겪으며 고통스러워하기도 했다고 한다. 타 목사님들로부터 그의 자격과 신학적 입장을 고소하여 침례교연맹으로부터 징계를 받기도 한다고 영상에서 설명이 나온다.

찰스 스펄전 목사님은 다음과 같은 말을 하였다.

"고통은 마치 벌어진 상처와 같이 실제적이며 오히려 참기가 더 힘든 것인데, 이것은 영혼 깊숙이 전해 오는 고통이므로 경험하지 못한 사람들에게는 상상의 산물인 것처럼 보인다."

훌륭한 기독교인들도 우울증의 고통을 겪을 수 있는 것은, 그들의 가지고 있는 타고난 약한 부분이라고 한다.

우울증은 무조건 대적해야 할 어둠의 영, 사단의 흐름이 아닐 수 있다는 생각도 해야 하지 않을까 싶다. 현대인들에게 주로 경험되는 것 같은 우울증, 옛날에도 이런 증세가 존재했던 것 같다. 다만 자기감정이나 마음을 크리스천이라는 이유로 표현 못했을 경우도 많을 것이다. 우울과 고통이 지금 내 앞에 왔다면, 힘들지만 꼭 나쁜 쪽으로 보지 말자. 그것을 통하여서 나의 약함과 한계를 알고, 창조자를 기억하고, 믿고 의지하게 되는 재료가 되기도 한다는 것도 함께 보자.

숨쉬기 어려운 하루하루

내 앞에 놓인 무게감, 너무 감당하기 힘들다. 피할 수 있다면 피하고 싶지만 피해지지 않고, 평생 이런 고통스러운 상황은 바뀌지 않을 것 같아 보인다. 너무 막막함에 가슴이 답답하고, 목이 조여 온다. 숨이 안 쉬어지는 하루하루. 너무 고통스럽기만 하다.

친구에게 들은 고난의 지도. 내 인생에도 고난의 지도가 있단 말인가? 고난지도가 만약 있다면, 고난의 위치와 고난의 정도를 알 수 있는 지도 같은 것인가? 그 지도가 있다면 지금 내 앞에 놓인 이 고난을 없애 버릴 수는 없나?

✿ 고난의 이유

지금 내 앞에 놓인 고난. 그 고난에 이유가 있을까, 없을까. 있다면 무엇이 이유일까? 내게 돌이킬 것이 있기 때문일까? 나의 성장을 위해서 필요한 과정일까?

창조자는 피조물인 우리에게 고난을 일부러 주기도 한다는 말이 있다. 동의되는가? 고난은 무엇인가 내가 돌이키고 회개할 것이 있기에 내 앞에 놓인 것이라는 말도 있다. 고난은 사단이 놓은 전략중 하나라는 말. 이런 말들 동의되는가? 나에게 고난의 정의가 무엇인가? 힘듦? 고통? 내 뜻대로 되지 않는 삶? 짜증낼 만한 상황? 고난이 내게 고난이 되기까지는 과정들이 있었을 것이다. 같은 상황들이 누구에게는 고난, 누구에게는 그저 과정일 뿐이라고 이야기하는 것을 보면 말이다. 알 수 없는 고난들이 산 넘어 산이 되어 끝없이 내게 놓인다. 내 삶에 이런 산들이 계속 생기는 이유를 알아야, 답 없는 인생에서 이젠 답이 보일 수 있을 것이다.

🌿 나는 왜 싸울까?

내 느낌, '내 생각이 맞다'는 확신. 그 나의 확신이 강하면 강할수록 상대를 이해하기 어려워지고, 상대와 싸우기 쉬워진다. 나는 너무나 맞는데…… '내가 맞다'는 그 생각은 강하면 강할수록 상대방은 틀린 것으로 간주한다. 내 생각을, '내 상식은 맞다'고 확신하면 확실할수록 다툼은 강하게 일어날 수 있는 것 같다. 가까운 연인, 부부, 가족 사이는 그 확신의 표현을 더 강하게 할 수 있기에 다툼이 더 폭발적으로 일어나기도 한다. 어떤 여과의 장치 없이 곧바로. 그 반응은 내 생각에서 입으로 행동으로 광속과 같이 내 친밀한 상대에게 날아든다. 상대방은 그 광속 같은 반응에 준비 없이 가슴에 말들이 꽂힌다. 그것은 방패 없는 칼 같고, 갑작스런 목조임 같아 숨쉬기가 어렵다. 그 칼에 대응하지 않고 참으면 내 마음에 검은 그림자가 드리운다. 칼침에 생각 없이 바로 토해 내면 그 칼은 상대를 향해 더 센 칼이 되어 날아든다. 상대방이 마음에 피를 흘리며 아파하는 모습을 본 뒤에야 나의 흥분은 가라앉기 시작한다. 상대방의 그 피는 내가 받은 상처보다 많은 양이어야 한다. 내 안에 있는 그 확신의 칼은 그 사람의 피를 보기 위해 존재한다.

🌼 죽을 것 같은 고통

39살…… 취업이 안 돼서 고민이다. 날씨도 너무 별로이고 밖에 나가기 싫다. 이 불황에 내가 일할 수 있는 곳이 있을까? 사업을 하고 싶은데 가진 건 없고, 대출도 안 된다. 내가 하고 싶은 일을 하는 게 맞는 것 같은데 그냥 월 최저시급을 받고 적당한 일을 하는 건 내가 타협하는 것일까? 잘 모르겠다. 아, 외롭다. 누군가 만나고 싶다. 나와 맞는 사람은 누구일까? 내가 올해나 내년에 결혼은 할 수 있을까? 현재 내가 버는 수입보다 나가는 돈이 더 많다. 학자금 대출, 카드빚 5년, 10년을 갚아도 겨우 갚을 수 있을까. 내 상황이 마음에 들지 않는다. 그렇다고 딱히 뭔가 시도하는 것도 두렵고 막막하다.

혹시, 지금 당장 일할 곳이 내게 없다고, 돈이 없다고 죽지 않는데, 괴롭고 힘들다. 하고 싶은 것을 다 못해서 좀 불편한 것이지 불행한 것이 아닌데 말이다.

우린 죽지 않는다. 죽을 것처럼 힘든 것이지, 죽진 않는다.
우리가 생각대로 안 되어서, 필요한 것을 사지 못해서 불행한 것인가, 불편한 것인가?
죽을 것 같은 것은 상황적 사실보다, 그 상황을 대하는 나의 태도와 반응에 있진 않을까?
그 상황에 대한 나의 해석, 그 상황에 따른 그 끊임없이 붙어오는 생각들이 나를 죽을 만큼 힘들다고 몰고 가는 것은 아닌지.

죽기 전에 가장 후회하는 것은 무엇일까? 그것은 바로 일어나지 않을 것들을 괜히 걱정했던 일이라고 한 것이 기억난다.
95% 전후는 일어나지 않을 것들에 대한 불안과 두려움을 깔고 일어나는 허상의 걱정들.

지금 하고 있는 것을 하지 않으면 내게 큰 일이 생기는가? 그것은 정말 사실일까, 아니면 그럴 것 같다는 내 생각의 걱정에서 만들어진 생각일까?

하지만 생각보다 많이 우리 삶은 안전하다. 안전하다는 것
은 다시 말해서, 내가 걱정하는 큰일이 일어나지 않는다는
것이다. 스트레스는 상황에 따른 나의 합당한 반응이라기보
다는 나의 마음에서 만들어 낸 어떠한 틀, 그 틀에서부터 걱
정이 시작되는 것이 아닐까.

✹ 고통을 사랑할 각오

고통에서 출발하는 인생이라는 것. 그 인식을 가지면 어떨
까? 인생은 황금빛 행복이라고 생각하면 지금 내 앞에 인생
은 상대적으로 잿빛일 수밖에 없을 것이다. 인생은 원래 잿
빛이라고 하면, 나의 인생은 잿빛에서 점점 밝아지는 빛으로
나아갈 수 있으리라.

인생은 고통이라는 인식, 삶은 일하지 않고 살아갈 수 없
다는 인식. 여기서 일은 꼭 직장 일만 이야기하는 것이 아니
다. 하지만 그 일을 통해 여러 것들을 깨달을 수 있는 기회가
부여된다는 사실을 인식하는 것. 인생은 고통이지만, 고통
만 있지 않다는 것을 맛보는 것이 인생이라는 것. 고통이 인

생에 꼬리표라면 고통을 사랑할 수 있는 용기와 각오를 먼저 갖는 것이 내 인생에 도움이 된다는 사실을 아는 것. 사람 각자의 인생에 고통의 총량이 있다면, 그 고통을 가급적 빠르게 내가 겪는 게 '나의 인생에서 도움이 될 것이다'라는 사실을 일찍 아는 힘.

🎇 큰 고통 중에 있을 때

돈이 많아져도, 건강이 회복되어도, 그 목표가 달성되어도 고통은 나를 계속 따라올 수 있는 것 같다. 넓은 관점에서 그것의 이유는 나의 올바른 성숙과 성장에 합당한 '이유의 고통일 수 있는 것 같다. 그 과정 없는 달성은 달성에 따른 문제를 가져올 수 있다.

여러 장관 후보자가 인사청문회에서 자신의 치부를 주관적인 공격으로 당하기도 한다.

그곳에서 일을 하려면, 그 치욕스러운 공격을 견뎌야 하는 것처럼, 나도 더 나은 삶을 위해서 하루하루 고통을 선택하며 가야 하는 것일 수도 있다.

고통이 내 앞에 있을 때는 무조건 버티며 맞서다간 부러질지도 모른다.

---

1. 나의 쓴 뿌리 보기

2. 내 일에 충실하며 고통의 상황 앞에 의연하기

3. 친구를 만나거나 여행으로 그곳 잠시 벗어나기

🌼 부부 사이에 이혼이란 단어를 왜 사용할까?

우리나라 이혼율은 약 35% 전후 되는 것 같다. 과거에 비해 너무 높은 수치이고, 연예인들 사이, 공인들 사이에서도 이혼소식은 종종 들린다.

서로 사랑해서 결혼했는데, 다투며 이혼을 자주 이야기하는 이유는 무엇일까? 이혼이라는 부부 사이에 극한의 단어를 한 번에 표현하게 될 때 얻는 이익이 있다. 그 폭력적인 강한 언어를 뱉을 때 상대방의 굴복 또는 나의 원함을 크게 에너지를 들이지 않고 얻어 낼 수도 있다. 또 이혼이라는 의식을 통해 해방을 누리고 싶어서 그런 것일 수도 있지 않을까? 또 다른 이유는 원 가정에서 어릴 적 다툼 속에 이혼 이야기를 자주 꺼냈을 확률이 높을 수도 있을 것 같다.

혹시 배우자에게 이혼 이야기를 들었다면, 그것은 당신의 어떠함의 이유가 아닐 수 있다.

부부 사이에 배우자의 어떠함으로 인해 당연히 부부 모두가 다툴 수 있지만, 부부 모두가 꼭 이혼 이야기를 하지는 않는다. 상대방의 안에 있는 표현방식이기에 이혼 이야기를 들었다고 해서 상심하지 말라고 이야기해 주고 싶다. 혹여나 내가 얼마나 싫으면 그랬을까, 내가 무시받는 기분이 든다는 느낌까지 갖지 않았으면 좋겠다. 불편해서든, 정말 같이 살기 힘들어서든, 이혼이라는 표현은 배우자에게 큰 타격감을 주는 것이기에 부부 사이에 금기어로 설정하면 어떨까?
그래서 감정표현과 싸움에도 지혜가 필요한 것 같다.

이혼 표현의 속마음은 내가 당신과 함께 하고 싶은데, '지금 무엇 때문에 힘든지 들어줘'라는 표현인 경우를 중간과정 없이 그렇게 하는 경우가 많다. 보통 마음을 잘 나누지 못해 보고 결혼했을 때 그렇게 단어 선택을 하는 경우가 있을 수 있다. 싸워서라도 소통이 되어야 할 때가 있다.

문제는 상대방의 원 가정에서의 정화되지 않은 의식에서

오는 표현 방식을 무의식적으로 사용하기 때문이라는 것을 기억했으면 좋겠다. 원 가정에서 다툼이 많았다면, 지금 당신은 배우자와 굉장히 잦은 다툼을 할 가능성이 높다. 원 가정에서 이혼 이야기를 자주 꺼냈다면, 당신은 배우자에게 다툴 때마다 이혼 이야기를 꺼낼 확률이 높다.

원 가정에서 다툴 때 이혼 이야기를 하지 않았다면, 당신은 배우자와 다툼에서 이혼 이야기를 꺼낼 확률이 거의 없다. 기억했으면 좋겠다. 배우자가 다툴 때 하는 말은 당신을 겨냥해서 하는 말이 아닌, 배우자의 원 가정에서 내려와 그의 무의식에 저장되었던 언어가 나온 것. 당신과 사랑하는 당신의 배우자와의 다툼은 단지 둘만의 다툼이 아니라는 것.

---

1. 내가 배우자와 다툼에서 반복되는 말과 행동은 무엇인가?
2. 그것들을 원 가정과 연결하여, 나에게 더 이상 영향을 미치지 않도록 지금 끊어 내고 벗겨 낼 영역들을 찾아보자.

🌱 고난이란 행복

고난이란 단어도 행복의 한 요소인 것 같다. 고난이 있어야 자유와 성취, 안정을 느낄 수 있다. 고난이 끝나야 내 삶이 행복한 것이 아니라는 사실, 고난을 내 삶의 일부로 받아들이는 태도, 그것은 '고난은 불행이다'라는 전제를 깨뜨리는 것이다.

🌱 고통의 상황-고통의 생각

정말 고통스러운 상황이 더 고난일까, 그 상황에 대한 나의 두려움과 불안으로 인한 고통의 생각 반응이 더 고난일까.

🌱 우리 삶의 구성 요소: '고난'

우리 삶의 구성을 다양하게 나눠보기도 한다. 사람마다 해석상의 표현이 다 다르겠지만 쉽게 '희로애락'으로 나눠보고 싶다. 내가 말하고 싶은 부분은 내가 어떤 상황에 있더라도 슬픔과 고통의 시간은 우리 삶에서 보편적으로 구성되어 있다는 것을 아는 것이 참 중요한 것 같다.

사람이 정서적으로 내 앞에 삶이 '희-희-희-희'만 아니라 '희노애락'이 있는 것을 아는 것. 힘든 걸 통해 더 견고해지고 더 투명해지고 더 자라나는 것. 대추가 익는 과정은 어떻게 될까. 대추는 햇빛으로만 그렇게 빨간 대추가 되는 것이 아니라고 한다. 적당한 바람과 구름, 태풍의 비바람이 있어야 그렇게 잘 익은 대추가 될 수 있는 것.

시련과 고난은 우리 삶의 형성에 있어서 꼭 필요한 부분이라는 것을 빨리 깨닫는 게 도움이 된다. 어차피 그 시련과 고난은 정말 아이러니하지만, 우리 영양소의 칼슘처럼 우리에게 필요한 것이라는 사실을 아는가.

그 일, 상대방의 그 말과 행동 때문에 내가 정말 너무 힘든가.
그 일이 있어서 내가 힘든 것은 맞지만, 그 일이 있어 나의 연약함을 알고, 성숙과 성장의 자극이 되었다.

고난은 나의 내면이 약하기 때문에 오는 해석적 반응일 수 있고, 그 고난은 꼭 그 일이 아니어도 어떤 형태로든 꼭 올 것이고, 그 고난 때문에 내가 나를 돌아보고, 내가 변화된다.

고난의 강

고난의 강은 건널 때보다 건너기 전이 더 고난이다.

내가 30~40대 돈을 벌어야 하고 일을 해야 하는데 집에 있는 것.

결혼 전이나 후에 아직 부모로부터 독립하지 못한 것.

내가 도전하고 싶은 일 앞에 시도하지 못하고 있는 것.

내가 그 사람을 사랑하게 되었는데, 그 사람은 아직 나에게 마음이 없는 것을 알게 된 지금 이 순간.

고난에 강 앞에서 서 있는 당신을 응원한다.

추락하는 날개: 고난의 해석

난 어릴 적부터 내가 하고 싶은 걸 해 본 적 없고 시키는 공부만 하고 지금도 지인과 식사 한 번 가려면 돈과 시간을 따로 내기 어렵다. 갚아야 할 빚은 여전히 있음에 부담이 늘어간다. 해외여행을 제대로 가 본 적 없고, 내가 사고 싶은 것들을 마음 편히 사 본 적이 없는 것 같다. 여름에는 너무 덥고, 겨울에는 너무 춥다. 일하러 가는 게 너무 힘들고, 언제 어떻게 퇴사할까 늘 고민이다. 만나는 그 사람과 성격 차이로 부딪힘에 힘이 빠진다. 내 편은 아무도 없는 것 같고, 아직 늙지 않았는데 몸 구석구석 점점 아픈 곳이 늘어만 간다. 나는 지금 너무 힘들다.

우리는 잘 모를 때가 있다. 이런 게 인생이라는 것을.

🌸 희극과 비극

"인생은 멀리서 보면 희극 가까이에서 보면 비극이다."

찰리 채플린의 말이다.

한 편의 연극과도 같은 우리 인생은 누구나 다 힘들다는 사실을 남들보다 조금 빨리 알게 되면 체념으로 멈춤 대신, 지금의 고난을 당연시 여기고 그 다음을 가게 된다.

🌸 우린 죽지 않아

죽을 것처럼 힘든 게 인생인 것 같다. 살면서 인생은 정말 죽을 것처럼 힘들다는 느낌은 살아 있는 40대 이상의 남녀라면 누구나 여러 번 느꼈을지 모르겠다. 인생은 정말 죽을 만큼 힘들다는 것을 배운다. 동시에 그런 삶이 결코 죽지 않는 것을 깨닫는 게 인생이 아닐까.

🌾 신이 우리에게 자식과 배우자를 허락한 이유

많은 사람들이 결혼했으니, 배우자를 내 생각대로 할 수 있다고 생각한다. 자식도 내가 낳은 자식이기에 마음대로 할 수 있다고 생각하지 않을까? 그 생각으로 인해 문제가 발생한다.

자식은 내가 낳았기 때문에 내 원하는 대로 움직일 수 있는 대상일 것이라는 기대감. 그리고 내 것이라는 소유에서 오는 통제가 기본적 전제로 깔릴지도 모르겠다. 그것은 배우자도 마찬가지가 아닐까. 가장 사랑하는 내 배우자, 가장 사랑하는 내 자녀, 가장 사랑하는 내 부모는 내 마음대로 할 수 없는 존재라는 걸 빠르게 깨닫는 순간 지금 어려운 그 마음은 녹아들기 시작할 것 같다.

🌾 국제시장

주인공 황정민이 할아버지가 되어 아들, 딸 손자 손녀들이 다 모인 자리에 있다가 갑자기 독방에 오며 혼자 생각에 잠긴다.

그동안 살아온 세월이 생각나면서 돌아가신 아버지를 떠올린다.

주인공 황정민은 아버지의 말 한마디를 기억하며 어려운 그 시절들을 버텨냈다.

"아버지 나 잘했지요? 그런데 아버지, 나 참 힘들었거든요?"

백발이 되어 그동안 참고 인내했던 마음을 처음으로 꺼내 본다.

노인이 될 때까지 황정민이 겪은 고난의 세월들.

🌼 고통을 선택했을 때

내가 주관적 안녕을 느끼고, 사랑하고, 자유하고 평안하고 성숙하고 성장하기 위해서 고통을 선택해야 한다. 내가 노예의 삶이 아닌 주체적 기쁨으로 나다운 삶을 살기 위해 고통이 필요하다.

🌼 고난의 날갯짓(돈, 결혼)

무인도에서 내가 한 달을 살아야 한다고 해 보자. 얼핏 보면 고기를 구워 먹고, 수영하고 바다 위에 노을을 보며 황혼을 느끼고, 밤하늘 별을 보며 행복한 장면을 생각하지 않겠는가. 하루 이틀은 그렇게 살아갈 수 있을 것이다. 먹을 것을 구하기 위해 물속으로 들어간다. 내가 만약 수영을 못한다면 난감 그 자체이다. '병만족–김병만'처럼 내가 몸기술, 손기술, 발기술이 탁월하다면 물속에서 물고기를 잡는 것은 쉽다. 물고기를 잡기 위해 작살을 만들어야 한다. 그 작살은 나무를 자르고, 나무를 갈고, 고무 밴드를 구해서 만들어야 하겠다. 그렇게 작살을 만들어 고기를 잡았다고 하자. 그 고기를 먹을 수 있는 고기인지 분별해야 하고, 고기를 잡은 뒤 고기를 횟집 사장처럼은 아니더라도 비늘을 벗기는 작업을 해야 한다.

그리고 고기를 익혀 먹기 위해 불을 피워야 하는데, 그 과정은 녹록지 않다. 그렇게 몇 시간이 걸려 식사 준비를 한 뒤 먹는 것은 고작 10분이 안 될 것이다. 부족한 양일 것이고, 무엇보다 갈증이 날 텐데, 바닷물이 아닌 생수를 무인도에서 구한다는 것은 정말 어려운 일이겠다. 바닷물을 정수하여 생수로 먹으면 참 좋겠으나, 그런 방법을 모르고 있을 확률이 높다. 생각한 것은 빗물을 받아 저장해 두었다가 먹어야 하는데, 비가 내리기 전까지 물 없이 갈증을 견뎌야 한다. 우리 인생이 이렇지 않을까. 일주일 누리는 여행을 가기 위해 1년을 고생하며 돈을 모아야 한다. 내가 사업을 시작하여 이끌어 가고, 그 사업이 내가 없어도 직원들이 일하는 것으로 돌아가는 것을 많은 사람들이 꿈꾼다. 하지만 그렇게 하기 위해 내가 영업을 하고, 리스크를 감소하고, 전체 매출이 안정적으로 유지되기까지 정신적, 육체적, 물질적인 노력도 동반되어야 한다는 것을 간과한다. 매출을 위해 사람들 사이에서의 거절감과 마주할 때도 많을 것이다.

결혼하여 내가 남편이 되기 위해서, 나는 한 여자를 사랑하는 것과 그 여자에게 나의 진심이 전달되기 위해 엄청난 노력을 하고, 그 과정에서 인내해야 하고, 거절감을 이겨 내야 한다. 나의 진심이 그녀에게 전달되기까지 끊임없이 노력하고 마음을 지켜내야 하는 것이다. 내 마음을 몰라주는 것 같고, 그 가운데 나를 연인으로 받아들이기까지 여러 단계적 시험단계도 통과해야 한다. 이러한 인고의 과정 없이 나는 한 여자의 남자, 한 여자의 남편이 될 수 없다. 사랑하는 내 여자의 아내, 자녀들의 아빠, 한 가정의 가장이 되기 위해서는 어떠한가? 결혼해서 아이를 낳는 것으로만 되는 것이 아님을 우리는 알고 있다.

매월 고정 필요금액을 벌기 위해서 하기 싫은 일을 해야하고, 나의 하고 싶은 취미와 꿈을 포기해야 될 수도 있다. 나의 컨디션보다 아내와 아이의 컨디션이 우선되어야 하고, 아내와 자녀의 필요를 공급하는 것에 마음과 에너지를 집중해야만 한다. 직장을 다니기 너무 불편하고 힘들어도, 가장이기에 그렇게 인내하며 지켜 내야 하는 책임감도 있다. 그것을 지켜 내지 않으면, 미안하지만 자녀에게, 아내에게 나는 책임감 있는 가장의 역할에서 멀어져 가고, 그 책임의 무게는 아내와 자녀가 지게 될지도 모른다. 어떤 달성을 하는 것에는 엄청난 노력과 인내가 반드시 동반되어야 한다는 명확한 진실을 알게 되면, 삶의 태도가 분명 달라질 것이다.

🌾 고난 속에 숨 쉬는 산소

평일에는 일하고 집안일 하고, 주말에는 교회 모임과 예배와 섬김. 큰돈을 버는 것도 아니고, 그냥 평범한 일상을 사는 것 같은데 일주일 내내 내 삶이 바쁜 것 같진 않은가. 뭔가 그 분주함 속에서 내게 누림의 시간은 없는 것처럼 느껴지지 않은가. 내년에는 동남아 패키지여행이라도 꼭 가야지 하며 스스로 위로하지만, 여행이라는 것은 내 삶과 그렇게 친숙하지 않지 않은가. 30~40대에는 고난 속으로 자처해 들어가야 하는 시기인 것 같다. 예전에 70~80대에 물어보면 인생에서 중요한 것은 돈이 아니라, 친구, 내 꿈을 시도해 보는 것과 같은 대답을 했다고 한다. 하지만 요즘 고령화 시대에 접어들면서, 70~80대들도 일을 하지 않으면, 안 되는 시대가 되었다.

그래서 내가 30~40대에 기반을 잡는 고통을 마주하는 것을 유보한다면, 50대 이상이 돼서 그것과 마주하게 될지도 모르겠다. 그렇게 기반을 잡는 데 고통이 필요하지만, 그것을 마주하며 돌파하는 과정을 30~40대에 꼭 선행하라고 이야기하고 싶다. 그것이 결혼이 될 수도 있고, 재정적 기반을 이루는 것일 수도 있고, 꿈을 이루는 것일 수도 있을 것 같다. 피하지 말고, 그 고통은 당연히 수반되는 것임을 알고 그것과 마주해 보면 어떨까. 그 고난을 끌어안는 과정에서 일주일에 한 번 자기보상을 주는 것이 필요함을 꼭 이야기하고 싶다. 주 1회로 내가 원하는 영화를 본다든지, 친구들과 모임을 간다든지, 등산을 간다든지, 찜질방을 간다든지, 내가 원하는 카페에서 나의 꿈을 준비한다든지, 정말 맛있는 맛집에 가서 나의 미각에 좋은 느낌을 주는 것 등의 자기보상의 시간. 내년에 여행, 내년에 모임, 내년에 하고 싶은 것 말고, 이번 주말 하고 싶은 것을 하는 것은 내가 고난이 고난으로만 느껴지지 않게 하는 재료들이 되는 것 같았다.

☀︎ 원망

CBS에서 암에 걸린 김동호 목사님이 설교에서 하신 짧은 말씀이 기억이 난다. 암에 걸렸을 때 "왜 하필 나입니까?"라고 스스로 질문할 때 엄청난 깨달음이 왔다고 했다. 마음 가운데 아버지 그분이 말씀하신 것은 "왜 너는 안 되니?"라는 것이다. 왜 나는 암에 걸리면 안 되는 것인가. 나는 암에 걸리지 않아야 하는 특별한 이유가 있는가?

내 삶의 통제가 강할수록, 내 계획과 욕심이 강할수록 내 앞에 있는 상황에 대한 스스로의 인정이 안 될 수 있는 것 같다. 그렇다. 나는 암에 걸릴 수도 있고, 시험에 떨어질 수도 있고, 내 사업이 망할 수도 있고, 관계에서 어려움 당할 수도 있는데 말이다. 나는 왜 어려움을 당하면 안 된다고 생각하는지 나 자신도 돌아보게 된다. 그 어려움 가운데에도 그분이 나를 돌보시고, 지키시는 것을 기억하는 믿음!

나는 절대적으로 확신합니다. 그 무엇도 산 것이든 죽은 것이든, 천사적인 것이든 악마적인 것이든, 현재 것이든 장래 것이든, 높은 것이든 낮은 것이든, 생각할 수 있는 것이든 생각할 수 없는 것이든 절대적으로 그 무엇도 우리를 하나님의 사랑에서 떼어 놓을 수 없습니다. 우리 주 예수께서 우리를 꼭 품어 안고 계시기 때문입니다.(『The Message』, 유진 피터슨)

매일 마음백신

1. 매일 불편하고, 하기 싫고, 부담되는 일 먼저 하기

2. 나는 하고자 하는 일을 하며 살고 있는가?

3. 나는 실행이 어려운가? 시작이 어려운가?

4. 나의 방앗간, 사람은 누구나 나만의 방앗간(공간)이 필요
   하다.

5. 도전하는 이들은, 누구나 힘들다. 이 과정을 아는 사람은
   고통이 더 이상 고통이 아니다.

6. 살면서 나를 이해해주는 편안한 친구 두 명!, 나를 이해해주는 편안한 모임 하나! 필요하다.

7. 내 마음이 원하지 않은데, 타인에 대한 친절은 나를 배려하지 않는 것, 때로는 나를 정서적으로 학대하는 것이 된다. 나를 위해서 타인에게 미움 받을 용기가 필요하다.

8. 누구나 내 결에 맞는 사람, 내 결에 맞는 일이 있다. 이것을 찾는 과정이 인생일 수 있다.

9. 노력은 결과로 증명되기도 한다. 그 증명은 내 스스로 배수진을 쳤을 때 더 명확 해진다.

10. 사랑하는 사람 사이에서 정말 중요한 것은 그 사람을 향한 수용과 제공이다. 나는 그 사람을 위해서 무엇을 수용하고, 무엇을 제공하고 있을까?

독자들에게

3일간 이 책을 읽고,
당신은 그동안
생각과 의지대로 되지 않았던 것들이
이제는 대부분 가능하게 되었다.

이 책을 읽고,
당신다운, 당신이 원하는 삶을 찾아 떠나는데
다시 마음의 공격, 생각의 공격이 올라와
그것이 내 삶을 방해했을 때

그때
이 책의 챕터를 찾아 3분만 읽어 주면 된다.

이제는 감성코칭,
이 책은 당신의 삶에 반딧불이 되어 줄 것이다.

이제 새 삶을 살게 될
당신을 진심으로 응원한다.